멈춰서서
가만히

유물 앞에
오래 서 있는 사람은
뭐가 좋을까

멈춰서서
가만히

정명희 지음

어크로스

프롤로그
어딘가에서 나를 기다리는 유물이 있을 것이다

큐레이터라고 다 그런 건 아니지만 가족에게 전시 보자는 얘기는 잘 안 한다. "또 가? 혼자 다녀와" 하는 얘기를 들은 지는 꽤 됐다. 전시나 박물관은 친구 사이에도 아무 때나 튀어나올 수 있는 화제는 아니다. 뜬금없는 주제로 공기가 무거워지거나 어색해질 수 있으니, 서로를 잘 모르는 이에게도 안 한다. 하지만 누군가 "우리 그 전시 보자"라고 할 때는 좋은 것을 아껴 함께 보자는 의미란 걸 알고 있다. 혼자 보는 전시도 좋지만, 가끔은 같이 보면 좋을 사람이 떠올랐을 것이다. 그게 나라는 사실에 기분이 좋아 날짜를 꼽고 기다리게 된다.

시간만 나면 답사 가고, 박물관과 미술관으로 달려가 유물 앞에 서 있는 이들이 있다. 존재한다고 어렴풋이 들었지만, 그 실체는 잘 드러나지 않던 고수들이다. 대구에 사는 K 씨는 같은 전시를 여덟 번 간 일화를 말해준다. 가족 여행을 서울로 잡고 아홉 살 딸에게 남산타워를 꼭 보여주겠다고 남편을 설득해 KTX 4인석을 끊고 왔단다. 그리고 종일 국립중앙박물관에만 있었다고 했다. 각자의 이유는 다르지만, 이들로 인해 지치는 이들이 느끼는 지점은 좀 비슷하다. 의지로, 때로는 의리로 함께 왔는데, 이만하면 다 보고도 남을 시간인데 나올 기미가 없다.

신입이 안 들어와 과도한 업무 분장에 시달리는 스님 친구도 있고 주일 예배를 진행하는 분도 있다. 피디의 꿈을 꿨던 에디터, 디자이너가 꿈이었던 사장님, 생업은 중장비 기사이나 답사 모임의 열혈 멤버인 분도 박물관으로 인해 알게 되었다. 이들은 주중에는 일하고 주말이면 별이 총총한 폐사지의 탑 사진을 찍겠다고 밤을 헤집고 다닌다. 이런 정성은 대체 어디서 나오는 걸까? 왜 이렇게 한 점 앞에 오래 머물며, 비슷해 보이는데 다시 가자고 하는 걸까?

어쩌면 유물과 함께한 시간보다 유물을 바라보는 사람을 보아온 시간이 더 많았던 것 같다. 다른 이의 시선이 향하는 곳을 바라볼 수 있다는 것은 박물관에 매일 출근하기에 누리는 즐거움이다. 뭔가를 가만히 바라보고 온 이를 만나면, 그는 평소의 그가 아닌 것 같다. 내 앞에는 조용히 머물며 맑아진 한 사람이 있다. 두런두런 건네는 몇 마디 짧은 대화가 마음을 차분하게 만든다. 시간을 내어 만난 사람이 영향을 미치는 것처럼, 그가 바라본 유물이 그를 물들이고 내게 옮겨오는 느낌이 좋다. 사람마다 느끼는 지점이 다르며, 각자에게 닿아 만들어질 이야기는 한 가지 톤이 아니라는 것을 배운다.

어딘가에서 나를 기다리는 유물이 있을 것이다. 한 시대를 대표한다거나 그 밖의 이유로 명성 자자하다고 해서 내게도 좋을지는 알 수 없다. 한 번쯤은 소문난 작품을 찾아 나선 착실한 고객이 되어 도대체 왜 유명한지 의문을 풀어볼 수 있다. 또 다음번에는 요즈음의 내게 좋은 건 다른 데 있을지 모른다며 탐색할 수도 있다. 같은 유물도 내 안에 머무는 정서나 감정으로 인해 마음에 닿는 지점이 다르다.

박물관과 당신 사이 마음의 거리는 얼마나 될까? 나와 관계없는 곳이라 생각할까. 아직 편안하진 않지만 우연이 이끄는 어느 날 호기심의 방으로 가는 문이 내 앞에 놓이기를 기다리고 있을까.

유물 앞에서 느꼈던 좋은 경험이 모이자 멀리 가지 않고도 여행하는 법을 알게 되었다. 숨을 고르고 가만히 머물면 따뜻하기도 하고 간지럽기도 한 편안함이 내 안에 고인다. 내가 주인공이 되는 또 다른 이야기를 갖게 된다. 아득하거나 막막할 때면 나아짐이 없는 것 같지만 어느 순간 한 계단 올라서고 있을 거라고 말하는 친구가 내 곁에 다가온 것 같다.

알고 있을까? 새봄에 움트는 초록 기운에서 세상을 고요히 덮어주는 눈의 계절까지 우리 앞에는 호기심의 방으로 가는 문이 놓여 있다. 오래 만나지 못한 이에게, 함께 있으면 편안한 이에게 같이 보고 싶은 전시가 있다며 말을 걸어보자. 박물관 문을 나올 때 그 이전과는 다른 어떤 공기가 당신 안에 남아 있을 것이다.

차례

1부
소중한 것을
담자

유물 앞에
오래 서 있는 사람은
뭐가 좋을까

2부
상상의
미술사

오랜 시간을 건너
힘이 되고
의지가 되는 이름들

3부

귀 를

기 울 이 면

만 명에게는
만 점의
반가사유상이 있다

4부
다가오는
것들

떠나지 않고도
여행하는 법

1부

소중한 것을
담자

유물 앞에
오래 서 있는 사람은
뭐가 좋을까

느낌이 먼저다

화 원 별 집

조선시대에는 좋은 그림을 모으고 감상하는 풍조가 널리 퍼져 있었다. 미술품을 수집하는 컬렉터는 현대에만 있었던 게 아니다. 당대의 뛰어난 작품을 모으던 김광국(1727~1797)은 지금으로 치면 의사, 즉 내의원에 소속된 의관이자 수집 가였다. 그는 십 대부터 오십 대까지 자신이 모은 중국과 조선의 명화를 하나의 화집으로 발행했다. 정선, 심사정, 김홍도 같은 이른바 '현대 작품'도 수집했지만, 그가 모은 작품은 동시대 화가의 것만이 아니었다. 당시로서는 고미술로 분류할 수 있는 고려의 서화에서부터 중국의 역대 회화와 일본의 목판화인 우키요에浮世繪, 심지어 러시아 회화와 네덜란드 풍경판화까지 그의 소장품에 포함되어 있었다.

평생 모은 그림은 그의 호인 '석농'을 딴《석농화원石農畵

苑》이라는 화집으로 간행되었다. 화원畵苑이란 꽃을 심어 가꾼 밭인 '화원花苑'이 아니라 그림을 심은 동산, 즉 그림 모음집이란 뜻이다. 화집을 펼치면 오른쪽 면에는 그림이 있고, 왼쪽 면에는 그 그림을 그린 화가에 대한 설명과 비평이 적혀 있는 방식이었다. 애초 약 아홉 권으로 이루어졌을 그의 화첩은 세월에 따라 여러 곳으로 흩어졌다. 국립중앙박물관의 《화원별집畵苑別集》이나 간송미술관의 《해동명화집海東名畵集》은 동일한 방식이라는 점에서, 그의 화첩을 구성했을 작품 중 일부로 보인다.

《화원별집》을 펼치면 두 면에 걸쳐 큼직하게 적은 제목이 춤추듯 즐거운 모습으로 우리를 맞는다. 책장을 넘기면 다음 쪽에는 이 그림책의 목차가 단정한 서체로 쓰여 있다. 선조대왕이 그린 대나무 그림, 공재 윤두서의 그림에 대한 평, 고려 공민왕의 수렵도 등 한 사람이 모은 귀한 그림과 글씨의 목록이다. 꽃나무 대신 그림을 가꾸던 이의 정원을 돌아다니는 즐거움이 있다.

김광국은 객관적이고 예리한 비평가였지만 세상에 재능이 드러나지 않아 명성을 얻지 못한 화가의 그림을 설명할 때는 슬픔에 젖어 들었다. 자신이 과거에 혹평했던 우키요에를 다시 보니 꽤 좋다며, 처음 볼 때와 생각이 달라졌다는

화원별집 화원畵苑이란 '그림 동산'이란 의미로, 꽃나무 대신 그림을 심어 가꾸던 이들의 취향을 보여준다. 물결 모양의 획이 특징인 글씨는 19세기 서예가 유한지의 예서隸書다.

진솔한 평가를 싣기도 했다. 김광국은 평생 모은 그림을 하나의 화집으로 완성한 후 문인 유한준(1732~1811)에게 발문跋文을 부탁했다. 발문은 책의 발간 경위를 소개하는 글로, 지금으로 치면 일종의 추천사다. 그림을 모은 이가 평생 바라보고 아낀 그림을 하나의 책으로 묶어 만든 화집에 어떤 말을 남길까? 오랫동안 고민했을 글은 그런 고심 끝에 만들어졌다.

> 그림에는 그것을 아는 자가 있고,
> 사랑하는 자가 있고,
> 보는 자가 있고,
> 모으는 자가 있다.

(……)

알면 곧 참으로 사랑하게 되고

사랑하면 참으로 보게 되고

볼 줄 알게 되면 모으게 되니

그것은 한갓 모으는 것이 아니다.

"알면 참으로 사랑하게 되고, 사랑하면 참으로 보게 되고, 볼 줄 알게 되면 모으게 된다知則爲眞愛 愛則爲眞看 看則畜之而非徒畜也"는 말이 그의 문장에서 나왔다. 김광국은 좋아하는 그림을 모으는 것에 머물지 않고 그림을 모으게 된 배경과 작가에 대한 이야기를 책에 담았다. 그 덕분에 우리는 좋은 그림과 글씨를 사랑하고 아끼던 이야기를 알게 되었다.

수집가의 안목에 대한 이 문구는 미술사학자 유홍준 교수에 의해 '아는 만큼 보인다'는 말로 변안되어 유명해졌다. 오늘날에도 다양한 상황에서 사용되는 이 말은 가끔 오독되기도 한다. 알아야 한다는 것을 강조한 나머지 알지 못하면 즐길 수 없다고 단정하거나 지레 포기하게 된다. 무언가를 바라보고 알아가는 것은 즐거운 일이지, '이렇게 많은 지식을 다 알려면 나는 틀렸네'와 같은 좌절감을 주는 일이 아님에도.

그림을 사랑하게 된 이는 마음에 공간이 생긴다. 사랑에 빠졌을 때처럼 내 안에 고정되었던 시선이 바깥을 향해 열린다. 대상을 더 섬세하게 느끼고 알고 싶다는 열망이 커진다. 그림 한 점 앞에 오래 서서 머물기도 하고, 이미 본 그림을 또 보러 가기도 한다. 화가의 시선이 도달한 공간, 붓을 잡은 이의 시간에 스치던 생각과 감정에 닿는다. 어떤 의도나 목적 없이도 무언가로 향하는 마음 그대로를 인정하게 된다. 알기 때문에 사랑하는 것이 아니라 사랑하기에 알게 되는 것이다. 사랑은 알지 못하는 미지의 것에 대한 두려움을 이긴다. 언제나 그랬지만 느낌이 먼저다.

소중한 것을 담자

은제 표주박
모양 병

전시를 대표하는 간판 스타의 선정은 꽤 고민되는 일이다. 이야기가 어느 하나의 힘으로 만들어지는 게 아니기에 생각보다 난감하다. 이런 건 이런 까닭, 저런 건 저런 의미가 있음에도 이번 전시에서 미는 대표 선수를 선정해야 한다. 오랜 시간 준비한 특별전의 메시지, 전시 주제와의 연관성이나 상징성, 그래픽이나 영상에 노출되었을 때의 시각적인 조형이나 매력 등을 다각적으로 검토한다. 마치 새로 간 식당이나 카페에서 시그니처가 뭐냐고 묻는 것과 비슷하다. 취향이 다르고 오늘 기분에 끌리는 메뉴가 다름에도 한번 먹어봐야지 하는 마음으로 주문하듯이, 전시에서도 선수들을 선정해둔다.

《대고려, 그 찬란한 도전》(2018) 특별전을 준비하면서 다섯 가지 대표 유물을 꼽았다. 그중에서 전시 포스터의 대표 이미지로 선정된 건 표주박 모양의 작은 병이었다. 금빛을 내지만 사실 재료는 은이다. 은판으로 표주박 모양을 만들고 연봉오리 형태의 뚜껑을 여닫는 방식이었다. 표주박 모양 은제 병은 상설전시관 3층의 금속공예실에서 관람객을 만나왔지만, 그 존재를 아는 이는 많지 않았다. 그냥 스쳐 지나가도 모를 작은 크기라는 점도 이유 중 하나였다.

박물관에 입수된 후 100년 동안 겪어본 적 없던 관심이 쏟아졌다. 조용히 지내오던 표주박 모양 병이 어느 날 문을 열고 나왔더니 눈앞에서 정신없이 카메라 플래시가 터지는 그런 상황이었다. 건물 외벽과 광고판의 대형 래핑, 도록의 표지, 리플렛, 전시 홍보 영상에 온통 금색 병이 반짝였다. 진열장에서 실물을 본 관람객은 높이 11센티미터라는 한 뼘도 되지 않는 작은 크기의 반전에 놀랐다. '와, 이렇게 작은 줄은 몰랐네.' 눈여겨볼 기회가 없었던 것을 자세히 바라보자 지금껏 몰랐던 세계가 모습을 드러냈다.

병의 빼곡한 문양은 조각한 것처럼 보이지만 사실 새긴 게 아니다. 금속판의 안쪽에 문양 틀을 놓고 타출打出한 뒤 다시 바깥에서 여백의 문양을 따라 정과 망치로 두드리면 문양이 도드라진다. 주로 금이나 은처럼 탄성이 좋은 고가의 공예품과 그릇에 사용되는 타출 기법은 기원전 이집트와

메소포타미아에서부터 확인될 정도로 오래된 기법이다. 특히 은 공예품을 좋아했던 사산조 페르시아(226년부터 651년까지 페르시아를 지배한 고대 왕조)에서 입체적인 장식법으로 크게 유행한 후에 중앙아시아를 거쳐 중국으로 전래되었다. 고려에서 만들어진 이 작은 병은 동서양의 문화가 만나고 융합되었던 중세 동아시아의 공예 기술과 정교하고 치밀한 세계를 꿈꾸었던 이들의 취향을 전해주었다.

활짝 피어난 꽃 사이로 날개를 펴고 날아오르는 봉황은 숨겨진 것을 찾기 위해 멈춘 이의 눈에만 보인다. 타출한 문양 위에서 다시 선각으로 디테일을 살리고, 문양과 문양 사이의 여백에는 물고기알 같은 작은 어자문魚子文을 찍었다. 유연하고 잘 늘어나는 은의 탄성을 최대한 활용했기에 금속병의 좁은 면에서 오목한 세계와 볼록한 세계가 만난다. 그 치밀함과 빈틈없이 꼼꼼한 디테일은 정점을 향해 달려본 이만이 도달할 수 있는 경지다.

화려한 병에도 약점은 있다. 바닥이 둥그렇기에 혼자 설 수 없다. 바닥을 받치는 커다란 원형 고리는 예전에는 팔찌로 알려졌으나 팔에 착용하기에는 지름이 작다. 오히려 병과 함께 보면 세부 무늬가 약간 다르긴해도 장식 기법이나 디자인이 매우 유사해 이러한 형태의 고리가 바닥이 볼록한 병의 받침이었을 거라고 짐작할 수 있다.

은으로 만든 표주박 모양
병과 고리

꽃과 새가 노니는 정교한 세계를 입체적으로 표
현한 후 도금해 은과 금이 대비를 이루는 섬세함
을 담았다.

숨은 그림 찾기   포도송이처럼 활짝 핀 꽃 사이로 날개를 펼친 봉황이 숨었다.

뚜껑을 꼭 닫으면 안에 담은 것이 새어나가지 않게 보관할 수 있지만 이 작은 병에 무엇을 담았는지는 밝혀진 바가 없다. 귀한 재료로 귀하게 만들었기에 소중한 것을 담았으리라 짐작할 뿐이다. 향을 사랑했던 고려인의 취향을 떠올리며 향기 나는 기름, 향유를 담았을까, 혹은 성스러운 것을 담는 용기였다면 사리舍利를 담았을까 추정하기도 했다. 만일 내 것이라면 이 아름다운 병에 무엇을 담아두면 좋을까.

전시를 보러 온 친구가 병을 바라보다 말했다. 나를 진정으로 아는 이가 없다고, 네가 부족한 게 뭐냐고 물을지 모르지만 사람들 속에 있어도 홀로인 듯 외롭고 쓸쓸하다고 했다. 해줄 수 있는 말이 없을 때는 그저 들어준다. 우리는 항상 곁에 있는 사람에게 쉽게 소홀해지는데, 어느 때는 자신을 외롭게 하는 진짜 주범이 타인이 아닌 나 자신인 것 같다. 시간을 내어주고, 기다려주고, 내 안의 소리에 귀 기울이기만 해도 조금은 나아진다.

우리를 불편하게 하는 감각을 애써 모른 척할 때가 있다. 불합리하고 옳지 않다 여기지만 마주할 용기가 없어 피한다. 하지만 뭔가 잘못되었음을 인정하기 시작하면 좋고 싫은 마음, 판단하는 마음, 빨리 지나가고 싶은 것과 오래 머물고 싶은 것이 분명하고 또렷해진다. 자신을 이루고 있는 입자도, 타인도 좀 더 가까이 깊숙하게 다가온다. 좋은 이는 좋은 대로, 피하고 싶은 상황은 또 그대로. 부작용이라 할 수도 있지만 이 역시 모른 척해서는 안 될 삶의 부분이다. 바다를 보거나 해 지는 모습을 보다가 내 모습이 비칠 때처럼 유물에서 우리가 보이는 순간이 온다. 자신을 봐달라고 아우성치지 않는, 항상 있는 것을 가끔은 돌아봐야겠다. 뚜껑을 열면 좋은 향기가 나고 고마운 기억이 떠오를지도 모른다.

항상 자신을 '오해주의자'라고 하는 친구도 떠올랐다. 그녀는 연애도, 사랑도, 결혼도 모든 건 다 오해에서 비롯되었다며, 딸이 스무 살이 되면 자신은 제3세계로 망명할 거라고 했다. 사뭇 진지한 표정이라, 속으로 웃음을 참느라 힘들었다. 모든 건 오해라……

많은 시간이 흘렀는데 아직도 그 말을 떠올리면 기분이 좋아진다. 결정적인 순간이었다고 생각했던 것이 사실은 오해에서 비롯되었다고? 가끔 뭔가에 홀려 이성적인 판단으로는 하지 않았을 일이 일어난다. 어떤 사람이나 상황을 잘못 본 순간부터 새로운 이야기가 시작된다. 오해가 없으면 어떤 일도 생기지 않는 것 같다. 한 걸음 더 나아가게 하는 오해를 담아두었다가 필요할 때 열어보기로 한다.

나라면 뭘 담을까? 아이가 꼭 안아주던 마음을 담아볼까. 엄마는 서른여섯 살 많은 친구라고 말해주던 우리의 우정은 금 간 지 오래고, 서로에게 얼굴보다 등을 보여줄 때가 많아졌다. 그러니 아이의 목소리와 안아주던 손길을 담아야겠다. 침대 위를 돌아다니며 자다가도 엄마가 옆에 있는 걸 알면, 자신이 할 수 있는 최고의 힘으로 안아주곤 했다. 이렇게 작은 사람에게서 큰 사람을 안아줄 때의 힘은 어디서 나오는 거였을까? 자신이 얼마나 사랑하는지를 말할 때면 위험에 처한 복어가 온몸을 힘껏 부풀릴 때처럼 아이가 커졌다. 자신이 아는 가장 세고 가장 큰 것을 말하려고 두 팔을 높고 넓게 뻗는다. 마치 그날이 고백할 수 있는 세상 마지막 날인 것처럼 우주만큼, 달만큼, 바다만큼 사랑한다고 했던 아이는 어디로 갔단 말인가.

어린아이였을 때 우리 안에는 저런 힘이 있었구나. 어떤 유물은 내 안의 어린이를 불러온다. 자신의 문을 활짝 열어둔 사람이던 때, 인생에 딱 한 번 요정을 만난다면, 그 요정에게나 들을 수 있는 말을 해줄 수 있는 사람이었다. 작은 일에 실망하느라 함께하는 현재를 무심히 떠나보내지 말아야겠다. 담아둘 수 없는 것을 담고자 하는 마음은 이 놀라운 병을 만들어냈다. 외로운 고립의 마음도, 한때의 오해도, 힘이 나게 하는 온기도 병을 스쳐 지나간다. 작은 병에 담아두고 가끔 열어보고 싶은 게 생각보다 많다.

100권만 꽂을 수 있는 책꽂이

열 살 무렵 주말에 기다리던 가장 큰 즐거움은 목욕탕을 다녀오는 길에 들르던 서점이었다. 주로 문제집과 학습서를 파는 동네 서점이었지만, 한쪽 귀퉁이에 '어린이' 코너가 있었다. 아버지는 매주 나와 동생에게 각각 한 권씩을 고르라고 하셨기에, 이 책 저 책을 펴보며 고민하는 시간이 즐거웠다. 가장 많은 시간 고심했던 서가에는 창작과비평사의 '창비아동문고'가 꽂혀 있었다. 《꼬마 옥이》를 시작으로 《똘배가 보고 온 달나라》, 권정생·마해송·이오덕 동화집, 《사자왕 형제의 모험》, 인도와 스웨덴의 민화집 등이 차례로 우리 집으로 와 책장을 채워갔다.

80권이 넘는 문고판은 세 살, 여덟 살 터울의 두 여동생을 거쳐 그 셀 수 없던 이사에도 기적적으로 살아남았다. 나의 첫 개인 장서는 이제 내 아이들의 책꽂이로 옮겨져 두 아이가 틈만 나면 뽑아 드는 책이 되었다. 이미 오래전에 변색되어버린 종이에 손가락을 대보면 느껴지는 글자의 올록볼록한 요철과 각자가 책을 만난 나이를 짐작할 수 있는 연필 낙서는 그대로였다.

우연히 펼친 페이지를 읽다가 숨을 못 쉴 것같이 벅차거나 한없이 우울한 기운이 덮쳐올 때가 있다. 그럴 때면 책을 잠시 덮고 단숨에 읽어버린 문장의 구절을 조용히 소리 내어본다. 오래전에 읽었던 책에서 이런 게 있었나 싶은 새로운 세계를 마주하고, 무심했던 책에서 무언가가 훅 들어와 내 안에 둥지를 튼다. 이미 인쇄되어 나온 활자가 책을 펼친 이의 경험에 따라 다시 태어나기도 하고, 강렬했던 인상이 손에 닿은 눈송이처럼 어느새 사라지기도 한다.

책이나 사람이나 비슷하다. 내게 오는 책도, 내게서 떠나는 책도 내 뜻으로 되는 게 아니다 싶으면서도 우리가 읽은 책은 다 어디로 갔을까 문득 궁금해지곤 했다. 기억의 책꽂이는 100권만 꽂을 수 있기에 다른 곳으로 치워지나? 궁금한 마음에 내가 꽂을 책을 골라본 적이 있다.

할아버지, 아버지에 이어 자신도 그림을 담당하는 관청인 도화서圖畫署 화원이었던 이응록(1808~?)이 그린 것으로 전

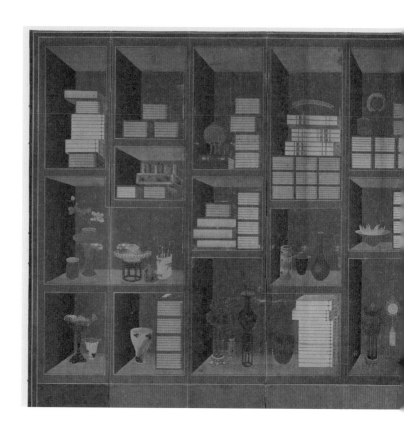

하는 〈책가도冊架圖〉(책꽂이에 책과 도자기, 문방구 등이 놓인 모습을 그린 그림)는 책으로만 채워지지 않았다. 도자기, 청동기, 옥기와 같은 귀중한 골동품, 밀랍으로 만들었을 진귀한 여러 계절의 꽃, 청으로부터 들어온 서양 물건이 책의 자리를 대신했다. 신기한 물건을 보여주고 싶은 이의 책꽂이는 눈

책가도   화원 화가가 그린 책가도에는 오래된 청동기, 다양한 빛깔의 도자
기, 밀랍으로 만든 여러 계절의 꽃처럼 진귀한 물건으로 책꽂이를
채우고 싶었던 이들의 꿈이 담겼다.

앞에 실재하는 것처럼 보는 이를 빨려 들어가게 했다. 조선
의 화가들은 르네상스식의 원근법으로 또 다른 환영의 공간
을 만들었다. 멀리 있는 건 흐리게, 가까이 있는 건 진하게,

색과 음영을 사용하던 기존과 다른 방식이었다.

　사물과 공간을 표현하는 방식의 차이는 세상을 보는 방식의 차이에서 비롯되었다. 동양의 원근법은 하나의 그림에도 위에서 아래로, 대상의 안과 밖을 자유롭게 이동하며 보는 풍경을 담는다면 서양화에서 화가의 시선은 카메라로 보듯 한 점에 고정된다. 화가는 시계가 막 12시 15분을 지나는 정지된 시각에 포착된 것을 그렸다.

　〈책가도〉 앞에서 환영의 공간을 바라보는 이들의 뒷모습을 상상해본다. 어떤 이의 책꽂이는 신기한 물건을 하나하나 살펴보는 이들로 인해 박물관으로 변한다. 작은 도서관은 호기심을 불러오는 공간이 되어 사람을 다가오게 했다. 왼쪽에서부터 두 번째 폭, 아래에서 세 번째 단을 보자. 책장에는 도장이 모여 있는 인장함印章函이 있고 그중 하나에 화가의 서명이 보인다. 〈책가도〉 앞에 선 이를 위해 '이응록인李應祿印'이라는 글씨를 읽을 수 있게 이스터 에그를 숨겨놓은 화가의 재치를 찾았을까?

　높게 쌓아놓은 책은 '책갑冊匣'이라고 부르는 작은 상자 형태의 북커버에 들어 있다. 하나의 시리즈는 하나의 책갑에 담긴다. 어떤 책도 꽂을 수 있기에, 누구의 것도 될 수 있기에 제목이 보이지 않는 걸까.

　고정된 하나의 소실점을 향하는 원근법은 현실을 실재하

는 것처럼 재현하지만 앞에 있는 물체가 가리는 면을 담아내지 못한다. 하지만 시간의 흐름에 따라 이동하는 시점을 담게 되면 또 다른 세계가 펼쳐진다. 산을 멀리서 볼 때와 가까이서 볼 때, 산 안에서 볼 때의 달라지는 경험을 모아놓은 세상은 이전과 다르리라.

오래 펴보지 않았던 책을 다시 펼치자 책은 정지된 시간과는 다른 결의 이야기를 들려줬다. 그리 나쁘지만은 않았다든지, 재미있는 지점도 있었다든지, 공존하는 몇 가지 감정을 알게 된다. 기억은 한 가지 톤이 아니었다.

여전히 어떤 사람을 만나면 그의 책꽂이가 궁금하다. 그가 읽어온 모든 책을 읽으면 그 사람을 알 수 있을까. 한때 밑줄을 그었던 문장이 모여 있는 방에는 제목이 보이지 않는 책이 놓여 있다. 꽂지 못한 책이 가 있는 곳을 서성일 이에게 호기심의 책꽂이가 놓여 있다.

계속 사랑할 수 있는
온도

그해 겨울 전시실에 차향이 나는 다점茶店을 마련했다. 다
점이란 차를 마실 수 있는 곳, 지금의 카페에 해당한다. 시작
은 단순했다. 바람이 살살 불어오는 날 산길을 걷다가 좀 쉬
고 싶어질 즈음 가만히 앉아 있을 수 있는 공간을 전시실에
만들어보면 어떨까 싶었다. 야외에서만 느낄 수 있는 맛을
실내에 마련한다는 게 쉽지는 않겠지만, 산책을 하다 만나
는 다점이 전시실에 있다면 좋을 것 같았다.

재밌을 것 같은 기대에 공간을 어떻게 마련할지 궁리하
기 시작했다. 전시실에 연출 공간을 마련한다는 건 그만큼
유물이 놓이는 공간을 줄이고 재조정해야 한다는 의미였다.
개막식까지 얼마 시간이 남지 않았고, 예산도 빠듯했지만
방법을 찾기로 했다. 마침 새 사옥을 지어 이사 온 이웃 동네

의 오설록을 방문해 우리의 고민을 상의하자, 전시 기간 내내 유기농 녹차를 지원해주기로 결정해주었다. 그리고 우리는 매일 아침 새 차를 덖었다.

차향은 전시 공간을 이내 가득 채웠다. 어느 다점에서 봤음 직한 풍경과 소리와 향기가 있는 곳에 오면 어른들은 쉽게 변화를 눈치챘다. "무슨 향이 나네요" 하면서.

아이들은 좀 달랐다. 대체로 물어보기 전에는 잘 알아채지 못한다. "여기서 어떤 향기 안 나니?" 하고 물으면 그제서야 코를 킁킁거렸다. 보이지 않는 것을 물으려면 좀 더 시간을 줘야 한다. 존재하지만 안 보이는 것이 있고, 이를 알아차릴 느낌의 틈을 찾기 위해 다른 감각은 잠시 멈춘다.

"아! 나요, 나요." 먼저 찾은 아이들의 목소리에 긴가민가했던 아이들도 이건가 싶어 한껏 가세한다. 꼭 한 번이 아니라 두 번씩 말하고, 발을 콩콩 구르기도 한다. 그래? 향기를 맡았구나, 어떤 향이 나니? 물으면 또다시 생각에 잠기느라 고요해진다. '아, 뭐더라?' 골똘할 때의 표정을 보는 일이 좋다. 기억의 서랍을 열어 자신이 지나온 공간에서 어떤 향이 나는지를 찾아보는 시간. 아이들의 얼굴에 머무는 표정을 바라보고 대답을 기다릴 때 내 마음에도 창틈으로 들어오는 바람 같은 것이 스친다. 지금도 가장 기억나는 답은 빵집을 지나갈 때 갓 구운 빵에서 나는 향, 그리고 엄마가 미역국을

모란 넝쿨무늬 청자완 고려의 민트색 그릇에 담겼을 차는 상상 속에 존재하지만, 어떤 향기는 고소한 기억을 떠올리게 해준다.

끓일 때 맡았던 향이었다.

향은 내게 느낌의 세계다. 눈에 보이는 세계가 전부일 것 같아 헛헛함이 밀려오면 차를 마신다. 같은 시간을 공유하지만 서로 다른 행성에 사는 것처럼 이제는 아득해진 이들을 생각한다. 쇠붙이를 끌어당기는 자석의 힘 같을 때가 있다면, 애초 혼자였던 각자의 시간으로 돌아가 자신의 몫을 살아야 할 시기가 온다. 그렇게 멀어질 때가 있다. 멀리 있어도 멀지 않은 것은, 마음 안의 우주 때문이다. 같은 것을 바라보며 어떤 느낌에 닿을 때 우리는 함께일 수 있다. 이번에 하지 못한 얘기는 다음에 하면 되니 다시 만날 수 있으리라는 꿈을 잊지 않는다. 대신 이야기를 모은다. 어디서부터 말할까 고민하지 않아도 되게. 다시 만난다면 '그때 말이야', '곰곰이 생각해봤어', 이렇게 시작하는 우리의 이야기를 하려 한다.

오늘은 행복에 대해 써야겠다. 내게 있어 행복은 함께 있는 느낌이다. 함께하는 마음은 두려움을 없앤다. 녹차 티백 뒷면에는 차를 우리기에 적정한 온도는 섭씨 70도라고 쓰여 있다. 끓인 물을 컵에 붓고 기다렸다. 섭씨 70도라……. 어느 정도 기다리면 되는 온도일까. 너무 뜨거우면 찻잎이 놀라 떫고 쌉쌀해지고, 너무 식으면 차향이 우러나질 않는다.

이런저런 상황을 터득해야 알게 되는 물 온도와 같은 사랑의 온도. 계속 사랑할 수 있는 적절한 온도는 몇 도일까? 차의 색을 보고 향을 맡는다. 오늘은 섭씨 70도를 잘 맞췄다. 차의 색과 온기가 참 좋다.

파도 소리, 새의 날갯짓

Y는 논문을 하나씩 쓸 때마다 크게 앓는다고 했다. 자신은 공부를 하면 안 되나 보다 생각했다며, 나는 안 그런지 묻는다.

"나도 논문만 쓰면 어딘가 아파요. 그러다가 아무것도 먹고 싶지 않고, 내 몸이 물로 가득 차는구나 싶게 계속 갈증이 나요."

뭔지 안다, 그런 거. 진짜 그 일을 좋아한다는 건 통증이 따라오는 것은 아니라던데. 내 일을 좋아한다고 생각하는 것과 내 몸이 좋아하는 것은 다른 거라고 하던 의사의 말을 들려줬다. 하지만 그게 뭐든 적당한 노력만으로 재미와 만족감이 보장되지는 않는다.

별다른 결론을 내리지 못한 채 Y는 전시실로, 나는 연구실로 돌아왔다. 연구나 전시는 좋아함과 좋아하지 않음, 선호를 물어보는 것보다 훨씬 강한 속박의 문제다. 늘 유물을 만지고 지켜보는 사람이니까, 다른 이들은 볼 수 없는 저 너머의 숨겨진 비밀을 찾아낸다거나 뭔가 의미 있는 일을 할 수 있을 줄 알았던가. 우리는 조금 더 그럴듯한 사람이 되어 있을 줄 알았던 것 같다.

유물은 매혹적이다. 그래서 아픈 거다. 저만치 보이는 가보지 않은 길에 대한 아쉬움을 떠올리게 한다. '다음에 꼭 가봐야지' 하면서 매번 발길을 돌렸으나, 사실 다음은 어디에 있는지 알 수 없다. 어떤 유물은 자신만을 바라보라 한다. 유혹을 못 이기고 영혼의 모든 자리를 내어주는 이들이 있다. 자신 말고는 아무것도 보지 말고 느끼지 말라고 하는 극단적인 자기중심성에 걸려들면, '좋을 만큼'이나 '하던 대로'의 적당한 노력으로 되지 않는다. 전시를 하나 끝낼 때면 앓게 되는 마음. 불타올라 재가 된 후 다시 아무렇지도 않게 다음 번 일을 기획해야 한다. 마음을 추스를 수 있는 현명한 방법은 없는 걸까. 영혼을 내어주지 않기, 적정한 거리를 유지하기, 재가 되는 일은 만들지 않기로 다짐을 하면 좀 나아지려나?

머물렀던 흔적은 이미 사라졌다고 믿었는데, 시간이 지나면 다시 같은 자리가 아파지는 날이 있다. 같은 계절에 있거나 같은 온도의 공기를 떠올리게 하는 어떤 작은 움직임에 기억은 소환된다. 영혼을 바치게 했던 그 대상을 우연히 다른 전시에서, 다른 공간에서 마주할 때 그렇다.

'아, 여기 있었네요.'

11월 일본 교토의 센오쿠하쿠오칸泉屋博古館에서 고려불화인 〈지장보살도地藏菩薩圖〉를 다시 만났다. 일본의 단풍은 계속 살아서 이 계절 아래 서 있어야겠다는 생의 의지를 만드는 빛깔이다. 매일 새벽 통근버스를 타고 서울에서 세종시를 출퇴근하는 고단한 마음도, 혼자 낯선 곳에 던져진 외로움도 아름다운 계절 아래 그냥 내려놓았다. 모든 게 어떤 큰 계획의 일부라고 믿는 건 아니지만 어쩔 수 없는 일이 있는 법이니.

《고려불화대전》(2010)에 출품되었던 이 불화를 마지막으로 보았던 것이 7년 전이던가. 같은 유물도 매번 느낌이 다르다. 큐레이터는 자신이 진행한 전시를 무사히 마치고 유물을 안전하게 반환하기까지 마음 졸이는 일도 많고, 챙겨야 할 역할도 많아 감상에 빠질 틈이 없다. 이에 비해 다른 이들이 만든 전시장에서는 관람자가 될 수 있는 기회가 주어진다. 전시를 보고 나오면서 이 불화를 다시 볼 수 있을까 하는 아득한 마음에 누가 볼까 황급히 뒤돌아 나왔던 적이 있다. 이런 애틋함은 소설이나 영화를 보다가 과도하게 감정 이입되었을 때의 부작용이지만, 우리를 갑자기 드라마 속 주인공으로 만드는 작품들이 있다.

지장보살은 지옥의 고통을 받는 중생이 한 명이라도 남아 있다면 자신은 성불하지 않고 지옥에 남겠다고 했다. 중생의 어떤 악업도 용서하고, 지옥이 텅 비지 않는 한 이곳을 떠나지 않겠다고 했기에 오른손에는 암흑의 세상을 비추는 투명한 보주寶珠를, 왼손에는 고리가 달린 지팡이인 석장錫杖을 들고 있다. 이 불화는 걷던 이가 걸음을 멈출 때, 가슴의 목걸이가 작게 흔들리는 움직임을 표현했다. 그가 멈춰섰을 때 작은 방울 소리도 함께 흔들린다.

누군가 애틋한 이가 뒤돌아 천천히 사라지는데, 보고도 부를 수가 없을 때의 마음과 비슷하다. 돌아볼 턱이 없지만 부르지 못하는 자신을 원망하게 된다. 붓을 든 이는 금을 녹인 안료로 지장보살의 옷을 장식했다. 파도가 치기도 하고, 천공을 날아오르는 봉황도 보인다. 그림을 그렸던 이의 손끝을 눈으로 따라가다 보면 물과 바람 소리, 바위에 부딪혀 포말을 만드는 파도 소리가 들렸다.

오랜만에 만난 이에게 할 말이 많을 줄 알았는데, 조금은 텅 비어버린 채로 그저 바라볼 뿐이다. 물론 군이 설명하지

지장보살도   지옥에 빠진 중생을 구제하는 지장보살은 11월의 단풍과 함께 떠오른다. 다시 만날 수 있을까 하는 느낌이 드는 유물이 있다. 그러니 함께일 때 더 오래 바라봐야겠다.

않아도 괜찮다. 그림에 숨겨진 파도가 치는 곳, 구름 사이로 날아오르는 새의 날갯짓, 신비한 풀이 자라는 곳을 하나하나 눈으로 짚으며 바라본다.

시간을 건너 다시 볼 수 있을까 싶었던 작품 앞에 서면, 내가 더 이상 존재하지 않는 시간에도 이 그림은 남아 또 다른 시선을 만나겠구나 하는 생각이 든다. 함께 있다는 것으로 든든하지만, 한편으로는 다시 볼 수 있을까 싶어 쓸쓸해진다. 이런 기분은 전시장을 나가면 금세 잊힌다. 만난 적 없던 이처럼 그냥 살아가게 될 것이다.

오래 곁에 두기 위해 필요한 건 뭘까. 내게 힘이 나는 이미지를 가까이 두고 한 계절을 보낸다. 그냥 지나갔으면 아무 일도 없고, 아무 관계도 되지 않았을 유물이 내 안에 자리를 차지하게 된다. 다음번 또 어딘가에서 마주하게 될 때면 다시 볼 수 있어 좋은 사이가 된다. 사람이든 물건이든 우리와 특별한 관계가 되는 데는 그렇게 대단하거나 분명한 이유가 필요하지 않다.

다음 생에는 남자로
태어나게 해주세요

장곡사 불상
발원문

특별전을 준비할 때면 불가능해 보이는 여러 가지가 갖고 싶어진다. 갖고 싶은 물건을 장바구니에 담아두기만 하고, 구매하기를 못 눌러서 안타까운 마음과는 다르다. 무엇을 소유한다기보다는 그 물건으로 인해 생겨난 감정이나 정서를 보여주고, 그 느낌을 나누고 싶다는 열망에 가깝다. 느낌을 나누고 싶다는 건 막연한 욕망이지만, 그만큼 이루었을 때 신기하기 그지없는 경험이다. 유물은 아무 연결고리가 없는 이들을 일순간 우리로 묶기도 하고, 항상 수족냉증에 시달리는 이의 마음 한구석에 따뜻한 기운을 불어넣기도 한다.

사찰에 봉안되어 있는 불상이나 불화처럼 그 공간을 상징하는 존재가 외출 차비를 하고 박물관에 다녀오는 일은 램

프의 요정 정도는 불러야 해결되는 일인 경우도 많다. 귀한 유물을 박물관으로 올 수 있게 해주는 분들은 그리하여 내게 항상 램프의 요정이다. 그해는 1346년에 만들어진 청양 장곡사의 약사불상樂師佛像을 꼭 진시장에 모셔오고 싶었다. 살면서 피할 수 없는 병마나 어려움을 견뎌야 할 때 고통의 시간을 함께해주고 치유해주던 약사불상이 더 많은 이들을 만났으면 하는 바람이 컸다. 고려시대 최고의 약사불이라는 점도 중요한 이유였지만, 귀한 발원문이 불상 내부에서 나왔다는 점도 각별했다. 상을 조성하기 위해 뜻을 모은 사람들이 10미터가 넘는 비단에 빼곡하게 적혀 있었다. 한 명 한 명 세보니 1000명도 넘는다.

"더 많은 분들을 만나고 오십시오" 하며 허락해주신 주지 스님의 큰 결단으로 장곡사 약사불의 700년 만의 나들이가 결정되었다. 디자이너 L은 전시 내내 자신을 난처하게 한 내 부탁을 거절하지 않고 대형 진열장을 짰다. 우여곡절 끝에 어렵게 도착한 발원문을 전시를 위해 펼쳤을 때 우리는 아직 먹이 마르지 않았던 과거의 한순간을 마주했다.

(장곡사에 조성할) 약사불은 아픔을 들어주고 아픈 곳을 고쳐주고 위로해주며 믿고 의지할 수 있는 상이라는 글에 이어, 동참한 이들의 이름이 각자의 글씨체로 적혀 있었다. 1000명이 넘는 사람들의 목소리를 모두 담은 것이다. 유물

이 들려주는 소리에 항상 고요함만 깃들어 있는 것은 아니다. 많은 이가 웅성거리는 소란스러운 거리를 느끼게 될 때도 있고, 웅성거림 속에서도 사람들의 시선이 서서히 한곳으로 모이고 조용해질 때의 기분을 경험하기도 한다. 붉은 비단에 적힌 글씨는 후자의 느낌이었다. 무엇보다 다양한 필체와 크기의 이름이 눈에 들어왔다.

모두가 한곳에 모여 자신의 차례가 오면 숨을 고르고 자신의 사연을 적는 긴 줄에 서 있었을까. 아니 그보다는 붉은 비단을 봇짐에 넣은 스님이 함께할 이들을 찾아 그들의 이름을 받았던 걸까. 처음에는 먼저 적은 이가 붓을 내려놓으면 다음 차례의 사람이 적었을 것이라 생각했지만, 칸도 줄도 맞추지 않은 자유로운 기록을 보고는 글씨를 적은 시간과 장소 역시 동일하지 않을 수도 있겠다 싶었다.

왼쪽부터 자신의 이름을 적어내려 가던 이들은 적을 칸이 없자 위아래 빈 여백을 찾아 남겼고, 어떤 이는 발원문의 뒷면을 펼쳐 적기도 했다. 그러다 누군가가 아이디어를 낸 걸까? 초록 비단을 염색한 조각 천에 이름과 발원 내용을 적어 꿰매거나, 금실이나 은실을 섞어 짠 비단을 다시 덧대기도 했다. 큐레이터가 만든 전시실은 글씨체만큼이나 서로 다른 목소리가 모인 공간이 되었다.

장곡사 약사불에서 나온 발원문

서로 다른 글씨체로 빼곡한 발원문에는 1000명이 넘는 이들의 바람이 담겼다. 우리가 연결되어 있는 전체의 일부라는 느낌을 준다.

두 살배기 어을진於乙珎이 장수하기를 발원합니다.

(아이의 건강을 바라는 부모의 마음도 있고)

태어나는 때마다 널리 중생을 일깨우고, 여자는 남자가 되게 하소서.

(왜 남자로 태어나고 싶어 한 걸까?)

자신의 이름을 적은 천을 꿰매 떨어지지 않게 한, 전의군부인全義郡夫人 이씨, 강녕군부인江寧郡夫人 홍씨와 세 아들도 보였다. 글을 모르지만 이름을 남기고 싶었던 이는 삐뚤빼뚤한 글씨를 그림처럼 남겼다. 22명의 거사居士와 계 모임의 일원도 이날 함께했음을 나란히 기록했고 공민왕의 몽고식 이름인 바얀테무르伯顏帖木兒도 보였다. 1000명이 넘는 사람 중 어떤 사람이 가장 눈에 띄는지, 어떤 사연을 지니고 자신의 이름을 남겼는지 질문을 던지면서, 관람객에게 말을 걸었다. 향을 담은 주머니, 구름과 새 무늬가 있는 비단, 여러 가지 색깔의 비단에도 사연은 이어졌다.

내은금의 딸이 오래 살기를 기원합니다.
(간절함이 부디 닿았기를)

목숨을 이어달라고 기원할 때 오색 채번彩幡을 거세요.
(작은 천 조각에도 다들 저마다의 사연이 있구나)

어두운 곳에서는 등불이 되어 비추고,
질병의 고통이 있는 곳에서는 의왕醫王이 되시고,
고통의 바다에서는 배가 되어 건너게 해주시기를 기원합니다.

세상 만물과 모든 현상은 그대로 멈춰 있지 않는다. 만들어지고 변하고 소멸하는 것이 당연한 이치인데 오래도록 전해지기를 바란 마음이 이루어졌다. 사라지지 않을 수 있다니 신기하고 든든했다. 만일 우리 시대의 바람을 담아 발원문을 만들어본다면 무엇이 남을까 궁금했다. 하여 전시를 보고 나온 이들이 적을 수 있도록 전시실 바깥에 종이를 두었다. 글이 채워지면 한쪽에서는 종이를 감고 반대쪽에서는 빈 종이를 펼쳐 이어 적는 방식이었다. 700년 전의 고려 불상에서 사람들이 남긴 바람을 듣고 온 이들이 자신의 바람을 남겼다.

'다음 생에는 미국에서 태어나게 해주세요'와 같은 청년의 글, '부처님 사랑해요', '엄마 아빠 아프지 않게 해주세요'라고 남긴 아이의 글씨체까지 다양한 사연이 모였다. 매일 아침 누군가의 소원을 읽으며 하루를 시작했다. 사연을 적은 이들이 이곳에 머물렀던 시간을 기억하지 못하게 되어도 발원문은 남아 있을 것이다. 긴 시간을 건너 우리에게 전해진 유물은 자신의 삶을 살았던 사람들과 우리를 이어준다. 우리가 연결되어 있는 전체의 일부라는 느낌이 위로가 되는 날이 있다.

노래하는 사람

유물은 지금은 존재하지 않는 시간과 공간을 기억한다. 과거를 보여주는 유리 구슬처럼 우리는 갈 수 없는 어떤 곳을 보여주다가도 어떤 날은 거울이 되어 우리를 비춘다. 거울 앞에 반사되는 대상뿐 아니라 내 앞에 있었으면 하는 대상과 돌아갈 수 없는 시간을 보여준다. 유물과 거울은 서로 통한다. 유리와 거울에 비친 대상은 우리의 믿음으로 인해 현존하게 된다.

토우土偶는 흙으로 만든 인형이다. 사람이나 동물의 모습을 만들어 세상을 떠난 이의 무덤에 함께 묻어주기도 했고 흙으로 만든 그릇이나 뚜껑에 부착하는 경우도 있었다. 자갈이나 거친 흙을 골라내고 고운 흙으로 모양을 만든 후에는 단단하게 구울 수 있는 가마가 필요했다. 모양이 어그러

신라 토우   무덤에 넣기 위해 만든 신라 인형이다. 떠나는 이가 덜 외롭기를
바란 마음만큼 오래 살아남았다.

지지 않고 사용 중에 깨지지 않을 정도의 강도를 유지하기
위해서는 가마의 온도를 섭씨 1000도 이상 유지할 수 있는
기술이 있어야 했다.

　토우가 전시된 진열장을 지나다 두 팔을 모아 배 앞으로
살며시 내리고 무릎을 꿇고 앉은 인물상에 눈길이 갔다. 머
리는 정수리와 뒤통수에서 동그랗게 말아 위로 올렸다. 큼직
한 코, 눈, 귀에 동그랗게 벌린 입이 노래를 부르고 있는 것
같다. 또 하나의 토우는 간략한 선으로 두 눈과 입을 나타냈

다. 뭔가 멋쩍은 상황에 머리를 긁적이는 모습으로 보였다.

주로 무덤에 부장용으로 넣는 토우는 사후의 삶이 현재와 같기를 바라는 이들의 마음과 함께 묻힌다. 누군가의 길동무가 되었던 이들이 지금은 우리 곁에 고요하게 있어주는구나. 토우를 바라보고 있으면 지금 내가 머무는 시간이 이전과는 다르게 다가온다. 이들이 들려주었을 음악은 어땠을까를 잠시 떠올려보게 된다.

어릴 적 흙장난하지 말란 말을 많이 들었다. 어른들은 손톱 거스러미로 아픈 것도, 찬바람에 손등이 튼 것도 다 흙장난 때문이라고 했다. 땅 따먹기나 두꺼비집 놀이를 하다 싫증이 나면 아이들은 부드럽고 촉촉한 흙을 찾아 땅을 팠다. 잘 파지지 않는 이유가 땅에 박힌 큰 돌멩이 때문임을 알게 되면, 도구로 들어 올릴 부분을 찾아냈다. 변변한 도구랄 것도 없고, 있다 해도 하루 놀고 나면 버려지는 물건이었다. 아르키메데스는 왕에게 긴 막대와 받침만 있다면 지구도 들수 있다고 했다는데, 아이들은 배우지 않아도 그 기분을 이미 알고 있었다.

"좋은 흙 찾았어." 누군가의 기쁘게 떨리는 목소리는 아이들을 불러 모은다. 흙을 두 손바닥 사이에 꼭꼭 다져 동그란 공을 만들 시간이다. 물을 떠 올 수 있는 도구를 가진 아이는 이제부터 중요한 역할이었다. 아이들이 놀고 간 놀이터에는 찰랑찰랑하던 물방울 얼룩이 남았다. 어떤 흙은 토우가 되어 돌아오지 않았지만, 어떤 흙은 공터로 돌아와 아이들의 진심 어린 놀이 시간을 채웠다.

토우를 만든 이들과 우리가 만날 일은 결코 없을 것이다. 하지만 흙덩이를 잘 뭉치기 위해 두 손으로 꾹꾹 누르고 형태를 빚기 위해 손가락에 힘을 주는 와중에 이들도 자신의 흔적을 남기지 않았을까? 노래를 따라가다 보면 다다르는 곳에서 어떤 존재를 느낄 수 있다. 아직 준비되지 않았어도 언젠가 자신의 목소리를 낼 수 있는 차례가 있기 마련이다. 세상에 존재하는 다양한 소리가 그저 소음으로 머물다 사라지지 않게, 여러 가지 화음으로 변주될 수 있도록 눈과 귀를 열어둔다.

집에 가자, 당나귀야!

　화가의 능숙한 붓질은 아무것도 없던 작은 비단에 한적한 산길을 만들었다. 빠르고 강하게 그어 내린 선은 가파른 암벽이 되고, 먹을 칠하지 않은 바탕은 오가는 발자국으로 다져진 흙길이 되었다. 작은 바위틈에도 용케 뿌리를 내린 나무와 기댈 수 있는 곳이면 어디든 뻗어 나가는 넝쿨 아래로 나귀를 탄 선비가 지나간다.

　터벅터벅 소리를 따라가 보니 초록 잎의 풋내가 묻어나는 초여름의 짙은 숲길이다. 걸음을 옮길 때마다 햇살이 잎사귀를 통과하며 만들어내는 미묘한 색이 보인다. 몇 개의 선, 몇 개의 점, 진하고 흐린 먹의 농도, 나귀의 발굽이 닿을 때 툴툴 날리는 흙먼지까지. 화가의 붓끝에서 일상의 한순간을 만날 수 있다.

'나귀를 탄 선비'는 〈기려도騎驢圖〉라는 제목으로 불리는 다소 고전적인 주제다. 눈 덮인 산을 걷는 선비는 세속을 떠나 자연에 묻혀 살고픈 모습을 상징했다. 세상 물정에 따라 빠르게 살기보다는 번잡하지 않은 곳에서 살고 싶은 마음이랄까. 당나귀를 타고 떠나는 곳은 사람의 발길이 닿지 않는 깊은 산이기도 하고 이름난 경치를 찾아가는 여행길이기도 했다.

당나귀는 말에 비해 성품이 순하고 다루기 쉬웠기에 아이나 노인을 태우는 조심스러운 운행을 맡았다. 체력이 좋고 덜 빠르고 온순해 유생이나 관리의 출퇴근을 책임지기도 했다. 오늘날로 치면 승용차의 역할뿐 아니라 화물도 당나귀의 몫이었다. 《메밀꽃 필 무렵》의 허생원 곁에는 같은 주막에서 잠자고, 같은 달빛에 젖으며, 20년의 세월을 함께한 한 필의 당나귀가 있었다. 한창 피기 시작한 메밀꽃이 소금을 뿌려놓은 듯 숨이 막히던 밤, 장에서 또 다른 장으로 물건을 팔러 다니는 보부상의 무거운 짐도 당나귀의 등에 실려 있었다. 이제는 함께 늙어가는 당나귀에 대한 구절을 보면, 나이 든 반려동물을 바라보는 심정과 크게 다르지 않다.

이 그림은 조선시대 도화원에서 일했던 화가 함윤덕의 그림 중 유일하게 전하는 작품이다. 윤두서(1668~1715)는 그의

함윤덕의 기려도　　작은 화면에 쓱쓱 그려낸 솜씨 덕분에 산길을 가는 선비를
따라가 본다. 분홍 옷의 선비보다 힘겨운 나귀에게 더 눈
이 간다.

그림 평론집인《기졸記拙》에 짤막한 평을 남겼다. 함윤덕은
포치와 선염이 뛰어나며 도화서에서도 노련한 고수라고 했
다. 포치는 작은 화면 안에 그리고자 하는 대상과 소재를 배
치하는 공간의 운용을 말한다. 선염은 바탕 비단에 물을 칠
한 후 마르기 전에 안료를 채색하면 나타나는 효과다. 단숨
에 그은 필치로 색이 퍼져나가면서 그림 속에 은은한 분위
기의 공간이 만들어졌다.

가만히 보고 있으면, 골똘히 생각에 잠긴 선비의 마음은 여기가 아닌 어딘가로 가버린 지 오래인 듯하다. 화가의 붓에는 연분홍 물감이 담뿍 묻어 있다. 느릿느릿 걷는 나귀 등에서 딴생각에 빠진 오늘의 주인공에게 색을 칠하자 모든 게 완벽해졌다. 분명 흑백 무성영화였는데 장면이 전환되자 나귀의 숨소리와 걸음을 옮길 때의 발굽 소리가 들린다. 내게도 숲길의 내음이 닿고 바람이 나뭇잎을 흔드는 모습이 보인다. 그림을 그리고 있었을 함윤덕 님의 하루는 어땠으려나. 그리다 말고 저 당나귀 타고 퇴근하고 싶지 않았을까. 불현듯 중얼거렸다.

"나도 퇴근하고 싶다."

가끔 집요해지는 옆자리 동료가 힐끔 나를 보더니 묻는다.

"퇴근 중이란 말이 어디 쓰여 있어?"

"없어."

퇴근 중이라는 말은 어디에도 없다. 그림 속 주인공은 친구를 만나고 외출에서 돌아오는 길일 수도, 긴 여행에서 돌아오는 길일 수도 있다만. 봇짐도 없잖아? 그냥 그렇다고. 그래 보인다고. 물론 집에 가고 싶은 건 나이지만, 〈기려도〉를 그리던 화가는 자신도 모르게 그림 속 인물에게 자신의 마음을 투영하긴 했을 것이다.

웬일인지 이 그림은 내게 퇴근하는 이의 뒷모습처럼 보인다. 고개를 푹 숙이고 꼬리를 늘어뜨린 채 겨우 걸음을 옮기는 당나귀를 퇴근길 지하철에서 만났던 것 같다. 걸음은 천근만근. 순탄하진 않았을 하루를 상상하게 하는 이들 말이다. 자잘한 일들이 몰려 온 날이면 하루가 어땠는지 기억이 안 난다. 끝내지 못한 서류를 서랍에 넣고 열어만 놓은 컴퓨터의 파일을 하나둘 닫고 자리에서 일어났겠지?

"아, 모르겠다. 퇴근하자."

오늘도 누군가는 지하철 플랫폼에서 전전 역을 출발했다는 열차를 기다리고, 또 누군가는 버스정류장의 긴 줄 위에 서 있을 것이다. 하루 중 타인과 가장 밀착되어 있으나 아무도 말을 걸지 않는 공간에서 흔들리는 진동에 몸을 맡기고 있으리라. 차 문을 열고 운전석에 털썩 소리가 나도록 앉은 이는 밀려오는 멍한 마음을 다독이며 시동을 걸 것이다. 주말까지는 며칠 남았는가를 헤아릴지도. 집으로 돌아오는 길이 멀게만 느껴지고 공간 이동으로 집에 도착해 있으면 좋겠다 싶은 날이 있다.

집 밖을 나서는 가장 규칙적이고 변함없는 여행에서 돌아온 저녁, 이제부터의 시간은 수고한 당신을 위해 쓸 수 있다면 좋겠다. 햇빛을 가리는 쓰개도 내려놓고 분홍 도포도 저편에 두고, 무릎이 나왔어도 편안한 옷으로 갈아입자. 우선 시원한 나무 바닥에 누워 잠깐 한숨 돌려보는 것도 나쁘지 않다. 퇴근의 즐거움으로 출근할 힘을 얻는 것인가, 정녕 그러한 것인가라는 질문이 떠오르지만 그럼 어떤가. 머리에 떠오르는 생각을 억지로 밀어두는 대신 그대로 둔다.

이번에는 어깨에 담긴 긴장이나 허리에 머무는 뻐근함을 조용히 따라가 보고 두 다리와 팔에서 힘이 빠지기를 기다린다. 나도 모르게 잔뜩 힘주고 애썼던 몸이 '툭~' 하고 바닥에 밀착될 즈음이면 출근과 퇴근 사이, 몸에 새겨진 긴장도 함께 날아갈 것이다. 가장 편안한 자세를 찾아갈 시간을 주듯, 우리의 마음도 더 잘 쉴 수 있도록 기다려주자. 일이든 휴식이든 이제 그만해야겠다 싶을 때 아쉬움이 남지 않게 해보자.

현자들의 티타임 | 월남사지 삼층석탑

겨울 해는 뜰 기미가 없었다. 아직 어두운 창밖을 바라보다 휴가도 없이 달려온 한 해가 얼마 남지 않았구나 혼잣말하던 중이었다. 어슴푸레 밝아오기 전 아침밥을 차리고 아이들을 깨우고 서둘러 출근 준비를 해야 했다. 불현듯 따뜻한 곳으로 가야겠다는 결심이 섰다. 어제도 그제도 했던 일 대신, 7시 40분 서울역에서 떠나는 목포행 기차를 타야겠다 싶었다. 처음 시작은 이 정도, 구체적인 계획은 없었다. 아무 계획이 없으니 어디든 갈 수 있는 거라 생각하며 같이 가고 싶은 이를 떠올렸다.

"해남 갈래?"

내 메시지에 일말의 고민 없이 답신을 보내는 친구가 놀랍게도 아직은 있었다.

"그래 송년회 겸 가자."

가끔은 세상의 이치를 말하는 이들로부터 멀어지고 싶을 때가 있다. 그런 날은 세상의 속도를 따라야 한다는 목소리로부터, 아직도 철이 없냐는 질책으로부터 가장 멀리 가는 기차를 탔다. 해가 뜰 무렵 창밖으로 보이던 진눈깨비는 들판을 적신 아침 비로 바뀌었다. 어느새 기차는 눈이 수북이 쌓인 곳을 향해 달렸다. 남쪽으로 가는 길에는 이웃 동네의 눈 소식은 닿지 않는 마을도 있었다. 같은 하루에도 서로 다른 풍경을 보여주는 곳을 지나 월남사지에 도착했다. 홀로 서 있는 탑 뒤편으로 월출산이 보였다. 간밤부터 계속된 눈으로 길과 길이 아닌 곳의 경계는 보이지 않았다. 아무도 걷지 않은 눈 위에 발자국을 남겼다. 땅끝에서 한 해의 끝에 선 우리를 돌아보았다.

고려 중기 진각국사 혜심(1178~1234)이 중창한 절이 있던 곳, 그가 늘 바라보았을 탑을 보고 발이 푹푹 빠지는 눈길을 따라 비석이 있는 곳으로 걸었다. 보조국사 지눌의 제자로 수선사를 이끌었던 스님이 머물던 곳의 차밭은 모두 흰 눈에 덮여 있었다. 걸음을 옮길 때마다 딛는 무게만큼 발자국이 파였다. 두 발이 땅을 딛는 데 걸리는 굼뜬 속도를 느끼며 눈밭을 걷는 일만으로 특별한 기분이었다. 바람은 주춧돌만

남은 강당터 위에 모였던 눈을 깨웠고, 눈은 소용돌이가 되어 훨훨 날아갔다.

'어쩜 저렇게 가벼울 수 있을까?'

공중으로 오르는 눈의 움직임을 좇다가 문득 기류만 잘 타면 혹 우리도 날아오를 수 있을 것 같다는, 그리 어렵지 않으리란 호기가 생겨났다.

바위산 높고 높아 깊이를 알 수 없네
그 위에 높은 누각 하늘 끝에 닿았네
북두칠성으로 은하수 길어다 차 달이는 밤
차 끓이는 연기가 달의 계수나무를 감싸네

– 진각국사 혜심, 〈인월대에서〉

은하수 길어 차 달이는 밤, 유난히 푸른 밤이면 혜심 스님의 시가 떠올랐다. 얼마나 별이 가득하면 북두칠성으로 은하수를 길어올까. 스님이 달여주시는 차향은 어땠을까. 이런 위트 있는 감성을 만날 때면 나지막한 읊조림을 나 혼자 들은 것 같은 공상에 빠지곤 했다. 차가 있는 공간의 과하지도 소란스럽지도 않은 온기가 느껴졌다.

'항다반사恒茶飯事'는 차를 마시고 밥을 먹는 일, 늘 있어서 이상하거나 신통할 것이 없는 일이란 의미다. '일상다반사日

월남사지 삼층석탑 세상의 속도를 따라야 한다는 목소리로부터 가장 멀리
가는 기차를 탄 날, 월남사지의 탑과 월출산이 맞아주
었다.

常茶飯事'라는 말도 같은 의미로, 보통 있는 예사로운 일, 흔한 일을 말한다. 흔한 일, 늘 있는 일, 크게 신경 쓰지 않아도 몸에 익은 일은 우리의 일상을 지탱한다. 사람도 마찬가지다. 항상 곁에 있어 긴장하지 않는 일과 사람이 특별한 힘을 지닌다는 것을 예전에는 몰랐다.

전시 개막이 다가올 즈음이면, 여는 문마다 상자가 쏟아지는 꿈을 꿨다. 집에 가지 못하고 앓던 날, 친구도 사무실에서 앓고 있었다. 그제는 너무 괴로워 대나무 숲에 가서라도 외치고 싶었다가도 뭐 그렇게 대단한 일을 한다고 이렇게 사는 걸까 헛헛해졌다고 했다. 사무실 불을 마지막으로 끄고 나와 걸으며 박물관 건물을 뒤돌아보면 소나무 덤불 사이로 달이 보인다. 이 밤에 나를 바라보거나 응원해주는 사람은 없다고 생각했는지도 모르겠다.

자신을 탈탈 털어 일한 뒤 쉽게 회복되지 않는 이들이 형광등 아래서 희미하게 웃었다. 하나를 끝내고 다음 일을 시작하기 전, 어떻게 다시 힘을 냈는지 매번 기억나지 않는다고 했다. 마지막으로 차를 우려 마신 게 언제였더라. 찻잎이 놀라지 않을 정도의 따뜻한 물을 부으면 여린 잎의 연녹색 향기에 마음이 풀어지곤 했다. "환자들의 티타임이네" 하며 우린 차를 건넸다. 약 기운에 어지럽다는 친구는 '현자들의 티타임'으로 잘못 들었다. 그런 곳이 있으면 꼭 불러달라고, 현명한 이들이 차를 마시며 건네는 말을 듣고 싶다 했다.

어느 시절의 흔적과 지나간 자취를 찾다 보면 이들의 대화가 이루어지는 고요한 공간에 머물고 싶어진다. 내 이야기에 귀 기울여주던 이들이 그리운 날이 있다. 도저히 불가능할 것 같은 순간에 다시 시작할 수 있다고 믿어줬던 고마운 격려의 기억은 오래 남아 있다. 업무에 허덕여 얼굴 한번 보기 힘든 교육사 동료를 불러내, 야외 정원에서 도시락을 먹었다. 이제는 정원을 혼자 걸으며 그를 떠올린다. 보존처리로 새롭게 태어난 불영사 불연佛輦을 볼 때 또 다른 이의 부재를 느낀다.

더 이상 나이 들지 않는 모습으로 기억되는 이들이 늘어난다. 미소가 지어지게 만드는 이들과 오래도록 머물렀어야 했는데, 외롭게 혼자 있지 말고 소중하고 행복한 기억을 되살리라고 더 크게 말해줄 걸 그랬다. 어떤 공상은 전시 공간에 실현되었지만 푸른 저녁의 차향을 좋아해줬을 친구는 곁에 없었다. 늘 현명한 이들의 티타임에 가고 싶다고 하면서 약속을 잡지 못했던 일이 아쉽다. 망설이고 주저하기에 겨울날은 너무 짧았다.

월남사지에서 다시 무위사로, 오래된 벽화를 한참 바라보고 미황사에 도착했다. 새벽녘 잠이 깨어 마당에 나갔다가 달빛 사이로 고요하게 내리는 밤눈을 봤다. 아침 공양 후에는 눈을 치웠다. 역할을 나누어 밀대를 밀며 걸음과 호흡을 맞췄다.

가득 쌓였던 눈은 햇살이 닿자 녹아내렸다. 마루에 앉아 처마 끝에서 고드름이 녹는 소리를 듣고, 얼었던 눈이 다시 물이 되어 떨어질 때 바닥에 패는 흔적을 바라보았다. 그러곤 볕이 비추는 쪽으로 얼굴을 대고 한참 서 있었다. 뺨에 닿는 온기를 모으며, 올 한 해 지금 이 순간에 머물렀던 적이 얼마나 되었던가 꼽아보았다.

현재에 머문다는 게 쉽지 않았다. 있어야 할 곳, 해야 할 것에 맞추다 일과 삶을 혼동했다. 익숙한 것을 소홀히 대하고 사라진 후에야 그리워했다. 내게 없는 것을 잡고 싶어 했던 것 같다. 여행은 끝나가고 있었다. 떠나는 시간과 찾아오는 시간도 어김없었지만, 여행을 하는 동안은 항상 나를 도망 중인 상태로 만들던 '현재'가 내 안에 고스란히 있었다.

다시 돌아온 서울의 밤공기는 차갑고 날카로웠다. 눈, 바람, 나무, 고드름에서 나는 소리 듣느라, 홀로 서 있는 탑과 오래된 전각과 벽화에서 나는 소리 듣느라, 눈을 맞고 핀 동백꽃 보느라, 좋은 사람들이 들려주는 얘기 듣느라 음악은 생각도 안 나던 시간이었다. 고단했던 한 해도 안녕. 변덕스러운 마음아, 고생 많았다. 특별한 송년회는 그렇게 지나갔다.

함께 걸을까요?

부쩍 추워진 아침이다. 하루 사이에 계절이 바뀌는 날이 있다면 바로 오늘이겠구나 싶다. 침대 밖으로 나가고 싶지 않다. 잠결에 어렴풋이 들리던 바람 소리를 따라가고 있었는데 어느새 빗소리를 헤아리다 깼다. 예상한 일과 예상치 못한 일들이 뒤범벅되어 보내면 한 주도 한 달도 한 계절도 빨리 흐른다. 힘에 부친다 싶을 때면 '정말 고통스러울 때는 시간도 안 가는 법'이라고 하시던 할머니 말씀을 떠올리고, 그래도 견딜 만한 시간이리라 생각해본다.

특별한 방법은 없지만 그럴수록 시간을 내어 걷는다. 가끔은 내 뒷모습을 바라보는 상상을 하며 걷기도 한다. 이런 기분도 저런 기분도 다 이유가 있을테니 시간을 내주고 바라봐주고 그 감정에 오롯이 머물러 있다 보면, 굳이 벗어나려 애쓰지 않아도 이만 가겠다며 인사를 건네 올 것이다. 그 시간을 주기 위해 걷는다. 안 되는 부분에 대한 실망감이 들면 내가 통제할 수 없는 결과에 마음 쓰지 말자, 놓을 것은 놓자, 이만큼 해내는 것도 애쓰는 거다라고 말해준다. 걷다 보면 기분이 나아진다. 가득 들이마신 숨이 몸안 가득 퍼지면서 이제 좀 살 것 같다 싶은 순간이 온다.

산책하는 모습을 담은 그림이 좋다. 해가 지는 하늘을 배경으로 산책 중인 여인을 그린 인도 세밀화細密畫다. 세밀화는 양피지나 금속, 종이에 세밀하고 섬세한 필법으로 그린 그림이다. 시의 한 구절이나 신화, 경전의 이야기는 세밀화로 그려져 책의 표지나 삽화로 사용되었다. 작은 화면임에도 건축, 인물, 자연 배경의 디테일과 질감까지 극도로 섬세하게 표현한다. 인도에도 경전을 직접 쓰는 필사나 삽화를 그리는 전통이 고유하게 있었지만, 페르시아 회화 양식이 전래되면서 세밀화라는 독특한 회화가 자리 잡았다.

여인은 들판을 걷다가 꽃이 피어나는 숲길로 들어섰다. 머리에서 어깨로 두른 듀파타, 자줏빛 바지와 상의, 투명하여 신체가 비춰 보이는 치마를 입었다. 얇게 비치는 직물도, 자수를 새길만큼 견고하고 도톰한 직물도 모두 그림으로 표현되었다. 보석으로 장식된 병과 손에 든 잔은 진귀한 것을

산책하는 여인   여인을 따라 잠시나마 마음이 가는 순간에 머물러본다. 걷다
보면 기분이 나아질 수 있어 다행이다.

귀하게 나타내는 데 주력했음을 보여준다. 어떤 풍경에 담기는 사물의 다양한 빛과 질감을 세밀하게 묘사하기 위해 오래 궁리한 이들의 솜씨다.

인물을 정면이 아닌 옆모습으로 그리는 건 고대 회화에서 즐겨 표현되는 방식이다. 이슬람 미술에서는 인간의 모습을 그리는 것을 선호하지 않았던데다 정면보다 옆모습에 그 사람의 본질이 담긴다고 봤던 것 같다. 이 그림은 책의 표지화다. 금으로 장식된 꽃과 잎이 테두리를 장식했다. 붓질이 마른 지 얼마 되지 않아 아직 안료의 냄새가 남아 있고, 반짝임이 그대로일 때 책을 넘겨보는 기분은 어땠을까 잠시 생각해본다. 삼차원의 공간을 표현하는 입체감에는 큰 관심이 없지만, 정적인 분위기 속에서 사람의 마음에 일어나는 여러 가지 감정과 정서가 전달된다.

유물 구입을 담당할 때 이 그림을 처음 본 곳은 영국이었다. 마스크는 코로나19 이전에도 박물관 큐레이터의 필수품이었다. 회화 유물을 조사할 때는 반드시 마스크를 하고, 없을 때는 손수건으로 입을 가려 입김이 닿지 않게 한다. 유리 진열장 없이 이 작은 그림을 대면했을 때, 붓을 든 화가의 심정이 되어 세밀한 필치를 따라가는 내 시선도 조심조심, 숨도 살살 내쉬었다.

그때는 유물의 컨디션과 보존 상태를 확인하는 일에 급급했다면, 화가의 호흡을 따라 세심하게 그려진 그림이 눈에 각인되고 난 후에는 그녀가 걷는 길 끝에는 뭐가 있을지 궁금해졌다. 똑같은 길, 매일 걷는 길도 좋지만 더 넓은 세상에 가보고 싶었을지도 몰라. 모르는 길을 따라갈 때의 나지막한 긴장과 예측할 수 없는 시간에 대한 기대가 같이 있으려나.

같은 것을 보아도 내가 변하는 만큼 눈에 담기는 지점이 달라진다. 바람 사이로 다가오는 꽃향기라든가, 저 멀리 해가 질 때 서서히 변하는 하늘빛이라든가. 그녀의 마음을 채우는 것이 매일 달라지듯 그날에만 존재했을 조금은 나른한 시간의 빛과 공기를 느껴본다.

2부

상상의
미술사

오랜 시간을 건너
힘이 되고
의지가 되는 이름들

타임슬립 영화
좋아하세요?

영화 〈미드나잇 인 파리〉(2011)의 주인공은 자정을 알리는 종이 울리면 1920년대의 파리로 돌아갔다. 화가와 작가, 예술가의 도시, 그가 동경하는 아름다운 시절 '벨 에포크belle époque'가 그곳에 있었다. 해남 윤씨의 종가인 '녹우당綠雨堂' 특별전을 준비하던 봄, 나는 18세기 조선의 감성과 매력에 푹 빠졌었다. 녹우당은 집 뒤편 비자나무 숲에 바람이 불면 초록 비가 내리는 듯하다는 데서 유래한다. 바람의 색과 소리를 보던 세상 끝의 집, 그곳에 공재 윤두서(1668~1715)가 있었다.

공재 윤두서는 고산 윤선도의 증손으로 당쟁이 심하던 시기에 출사하지 않고 학문과 시서화로 생애를 보냈다. 옛 그림에 익숙하지 않더라도 정면을 응시하는 강한 눈빛, 얼굴

전체를 뒤덮는 사실적인 수염, 파격적인 구도의 자화상은 금세 기억날 것이다. 첫인상은 한번 보면 잊히지 않을 만큼 강렬하지만, 계속 바라보고 있으면 그는 과연 무엇을 바라보고 있었던 걸까 궁금해진다. 자신을 응시하는 이들을 향해 스스로를 펼쳐놓은 이의 시선, 그 시선이 닿는 곳에는 무엇이 있을까?

어떤 이는 이 그림에서 장수의 기개를 읽고, 어떤 이는 당쟁으로 인해 과거에 합격하고도 자신의 열정을 풀어내지 못한 지식인의 우울한 내면이 보인다고 했다. 1937년 조선총독부가 펴낸 《조선사료집진朝鮮史料集眞》의 사진과 2006년 국립중앙박물관 보존과학부에서 촬영한 적외선 사진을 보면 다른 인상의 인물이 있다. 현 초상화 아래 유탄으로 그린 몸과 도포의 선, 귀의 흔적이 보인다. 어질고 온화한 표정에 침착하고 단아한 분위기다.

윤두서가 남긴 시와 글에는 세상을 긍정하는 너그러운 이가 보인다. 사실 그는 당쟁으로 인해 형의 죽음을 경험하고 자신도 출사하지 못했으며 가족의 잇따른 타계를 겪었다. 이러한 크고 감당하기 어려운 고난을 만났기에 자신의 어두운 그늘에 갇혀 있으리라 생각했던 건 우리의 클리셰였을지도 모르겠다. 그가 남긴 글에는 주변의 세계와 사물에 관심이 가득했던 한 인물이 있었다.

**적외선으로 촬영한
자화상**

적외선으로 촬영하자 눈에는 잘 보이지 않
던 밑그림의 흔적이 살아났다. 어질고 온화
한 표정에 침착하고 단아한 모습이다.

윤두서는 지리, 천문, 의학, 수학 등 다양한 학문에 개방적이었고 관념 속의 세계가 아닌 현실의 사람을 그려냈다. 그의 그림과 책, 물건에 다가갈수록 깊은 눈매로 자신을 성찰하고 호기심의 눈으로 세상을 바라보는 이가 보였다. 남의 그림을 모방하는 것을 부끄럽게 여기고 살아 있는 것을 그려야 한다고 했다. 새 시대를 연 거장이라는 찬탄보다 자신의 그림이 만족스럽지 않다며 '그림의 경지가 이토록 이루기 어려운가'를 토로하는 그의 낮은 목소리가 좋았다.

어느 곳에 머무르고 누구를 만나며 어떤 책을 읽는지는 한 사람의 인생에 어떤 영향을 미칠까. 윤두서가 한양에 머물던 시절, 오랜 벗과 눈을 반짝이며 함께 읽었던 책은 녹우당에 남았다. 지식과 기억을 저장한 녹우당은 또 다른 시간을 연결하는 공간이 되었다. 녹우당을 지킨 이들은 대대로 에디터이자 큐레이터였다. 가풍을 이어 선조의 글씨와 그림을 모아 편집하고 책으로 만들었다. 아들 윤덕희는 좋은 글씨와 그림을 가려 뽑아 '윤씨 집안의 보물'이란 의미의 책,《윤씨가보尹氏家寶》를 펴내고 '집안 대대로 전해지는 보배와 같은 그림'을 모아《가전보회家傳寶繪》라는 화첩을 만들었다. 장첩한 서책에는 면수를 매기고 옛 편지를 첩으로 편집한 흔적이 남아 있다. 오래된 물건을 아껴 보존하고 세대를 넘어 정리하며

녹우당의 책들　오래된 글씨와 그림을 책으로 편집하고 아껴 보존한 이들로 녹우당은 지식과 기억의 보관소이자 또 다른 시간을 연결해 주는 공간이 되었다.

고심한 흔적을 볼 때면 내 눈도 반짝였다.

　지식과 기억을 저장하는 박물관이 된 녹우당은 윤두서의 외손자 정약용(1762~1836)에 의해 또 다른 시간을 연결하는 공간이 되었다. 《다산시문집茶山詩文集》에는 강진에서 유배 생활을 하던 그가 외가였던 녹우당을 방문해 서화첩을 본 기록이 전한다. 그는 윤두서의 화첩을 보고 제시와 발문을 남겼으며, 일본 지도에 대한 평을 적기도 했다. 또한 윤덕희의 말 그림을 보고 글을 남겼으며 윤두서의 손자 윤용의 그림에 붙인 발문도 전한다. 정약용은 윤두서의 자화상을 본

날, "내가 할아버지를 닮았구나" 하며 조용히 읊조렸다.

외롭고 긴 유배 기간에 정약용은 대흥사의 초의선사와 교류했고, 초의선사는 화가의 꿈을 키웠던 허련(1809~1892)을 녹우당에 소개했다. 화첩을 처음 봤을 때 허련은 자는 것도 먹는 것도 잊을 정도였으며 하백河伯(물의 신)의 바다를 보는 것과 같았다고 했다. 그는 녹우당의 화첩을 대흥사로 빌려와 몇 달에 걸쳐 모사하면서 그림 공부를 시작했다. 훗날 허련은 당시 윤두서 그림과의 만남이 삶의 방향을 바꿨다고 회고했다.

오래된 그림을 매개로 다른 시대를 살았던 사람들을 만나게 한 녹우당은 더 이상 '세상 끝의 집'이 아니었다. 한 공간을 배경으로 펼쳐지는 타임슬립 영화처럼 어떤 공간은 다른 시간을 살았던 사람을 연결하고 만난 적 없는 이의 삶을 바꾸기도 한다. 머무르며 마음을 주었던 장소와 그로부터 영향을 받은 사람을 통해 특정 공간은 장소성을 지니게 된다.

한양과 해남, 강진, 세 장소를 연결하는 녹우당은 평생의 지기들이 나누었던 우정과 시간을 넘어 교류한 이들의 이야기를 들려주었다. 전시에 푹 빠져 지내는 동안 조선의 18세기는 세상을 보는 관점의 변화와 함께 시작되었음을 알 수 있었다. 사물의 이치를 탐구하여 궁극에 이르는 실학에 근거한 인식론이 유행하면서 그림에서도 예리한 관찰력으로 지금 이곳을 그리게 되었다. 시간을 초월해 서로의 멘토가 되었던 사람들의 우정도 내 기억의 한편에 자리를 잡았다. 그것은 비단 과거에만 유효한 이야기가 아니었다. 여러 해의 가을이 지났지만 습관처럼 묻는다. 당신에게도 영감을 주는 장소가 있을까? 누구와 함께이며 무슨 책을 읽고 있을까?

사건의 재구성 　│　

《공재 윤두서》(2014)특별전 개막이 몇 달 앞으로 다가온 여름, 녹우당 수장고에서 윤두서가 자화상을 그릴 때 사용했다는 거울을 조사하고 있었다. 사실 그때 사용한 거울이라는 구체적인 증거가 있는 건 아니었다. 〈역사스페셜〉과 같은 방송에서 나온 추정이었지만, 조선시대 몇 안 되는 희귀한 자화상과 거울이 녹우당에 함께 전해지는데 두 가지 사물이 굳이 관계없을 이유는 없지 않은가?

그의 동시대인들은 그가 말을 그릴 때면 마구간 앞에 종일토록 서 있었다고 했다. 말의 모양과 동작을 마음의 눈으로 꿰뚫어 볼 수 있고 비슷함에 털끝만큼의 의심도 없어야 붓을 들었다. 마구간 앞에 서 있던 그의 뒷모습을 상상하는 동안 계절은 여름의 끝을 향해 가고 있었다. 나는《공재 윤두서》특별전의 하이라이트 공간에 자화상과 거울을 나란히 놓을 생각이었다. 전시실 깊숙이, 도대체 자화상은 어디 있는 거지, 궁금해질 무렵에 나오는 독립 공간에. 도록 사진도 당연히 그런 호기심이 들도록 연출해 미리 촬영을 마친 뒤였다.

서양에서도 자화상은 개성이나 주체에 대한 인식이 중요해지는 르네상스 이후 본격적으로 제작된다. 이는 거울의 발달과 관련 깊다. 우리에게 익숙한 유리 거울은 14세기 피렌체에서 만들어지기 시작하지만, 동양에서 거울의 기원은 은殷·주周 시기로 거슬러 올라간다.

큰 청동 대야(감鑑)에 물을 담아 얼굴을 비추어 보던 고대의 거울에서 금속 거울(동경銅鏡)이 만들어졌다. 금속을 평면 또는 곡면으로 만들고 표면을 닦아서 반사율을 높이면 사물을 비춰볼 수 있었다. 전통 사회에서 거울은 단순히 외모를 비춰보는 화장용구나 일상용품이 아니었다. 거울은 주술적인 힘을 지닌 의례용 기물이었고 때로는 통치자의 권위의 상징이었고 국가 간의 외교적 선물로 사용되었다.

녹우당 거울은 나무로 만든 함에 들어 있었다. 경함의 뚜껑을 위로 들어 올린 후 반대 방향으로 접으면, 두 개의 판재로 연결된 거울 뒷면의 상판이 접힌다. 경함에는 거울을 비스듬하게 고정할 수 있는 홈이 있다. 조선시대 목가구의 실용성이 바로 이런 지점인데, 보관함이 바로 거울 받침이 되는 편리한 방식이다. 그러다 보니 함에서 거울을 꺼낼 일은 없고, 뒷면을 본 기억도 없었다. 다 그런 거라 넘기면 아무 일도 일어나지 않는다. 직관과 의혹의 중간쯤 어떤 감각이 '근데 좀 이상하지 않아?'라고 알아차릴 때부터, 질문을 던질 때부터 사건은 시작된다.

좀처럼 공개되지 않는 거울 뒷면이 궁금했다. 경함에서 거울을 꺼냈을 때 예상치 못한 장면에 내 눈을 의심했다. 모래를 흩뿌린 배경에는 활짝 핀 세 송이의 모란꽃이 있었고 그 옆에 새겨진 여덟 글자가 눈에 들어왔다.

天下一森田武蔵守

거울에 새겨진 문양도 문양이었지만 이 여덟 글자의 명문은 너무나 낯설었다. 거기에 거울을 고정하는 둥근 고리도 없는 형식이라…… 이건 조선 거울이 아니었다. 해남 윤씨 집안에서 사용해왔다고 알려진 거울은 일본 거울이었다. 윤두서의 자화상을 그릴 때 사용한 것으로 알려졌던 거울이 '메이드 인 재팬made in Japan'이라니. 거울에 쓰인 글자는 '천하일삼전무장수'가 아닌 '텐카이츠天下— 모리타森田 무사시카미武蔵守'로 읽어야 했다. 이 명문은 무슨 의미일까?

새로운 발견은 예상하지 못한 즐거움을 주지만, 세상의 비밀을 혼자 알게 된 것 같은 들뜬 마음은 금세 가라앉았다. 그러곤 이내 두려움이 밀려왔다. 뭔가 대충 묻어가도 될 것 같은 나태한 생각에 젖어 있었던 것이 화근이었다. 나는 어쩌자고 방송에 나온 가설을 의심도 안 하고 당연히 그러리라 생각했던 걸까. 연구직이 되어가지고……. 굳이 지금 이 시점에 할 필요가 없으며 전혀 도움도 안 되는 말을 스스로에게 쏟아놓으며 자학 모드로 들어갔다. 이 상황을 어떻게 해석해야 하는지 머릿속이 복잡했다.

'종손 어른께는 어떻게 말씀드려야 하나?' 발견이 기쁘면서도 근심이 되는 것은 기존에 알려진 신화가 깨질까 하는 걱정 때문이었다. 자신의 얼굴을 0.1밀리미터 간격의 수염으로 덮은 유례가 없을 정도로 극사실적인 자화상, 정면을 응시하는 자의 눈빛. 그런데 알고 보니 일제 거울 사용? '아! 이건 정말 아닌데.' 성분 분석도 안 해보고, 아니 분석까지 갈 일도 아니었다. 거울을 꺼내어 뒤집어 보지도 않고, 당연히 조선의 거울로 본 것은 누구의 잘못인가.

큐레이터는 자신이 준비하는 전시에 관해서라면 무엇이든 잘 알 것 같지만, 잘 알아서 큐레이터가 되는 건 아니다. 몰라도 해야 할 때가 많다. 전시실을 걷다가 어디선가 "저기요"라는 소리가 들리거나 내가 알지 못하는 것을 질문하려

녹우당의 일제 거울 나무함에서 거울을 꺼내어 뒤집자 예상치 못한 사실이 드러났다. 활짝 핀 모란꽃 사이로 거울을 만든 일본 장인의 이름이 새겨져 있었다.

는 시선이 느껴지면 고개를 푹 숙이고 최대한 빨리 그곳을 빠져나가야 한다. 오늘도 덕후의 질문 공세가 두렵기 때문이다.

걱정이 꼬리를 물 즈음 딴 생각이 슬금슬금 올라왔다. '아! 아니다.' 알려진 것과 다른 것이 나온 상황이 뭐가 그렇게 문제인 걸까. 크게 잘못된 것은 아니리라 다시 생각했다. 어쩌겠는가, 찾을 수 있는 기록과 유물로 당시 녹우당에 무슨 일이 있었을까를 원점에서 풀어갈 수밖에. 어떤 편견이나 선입견 없이 존재하는 현상을 해석해야 한다. 세상에 없던 미션을 스스로에게 던진 큐레이터는 요원이 되어 오늘도 모순 사이를 오간다. 물론 몇 개 언어를 구사하고 컴퓨터를 잘 다루고 슈트가 잘 어울리는 특수 요원은 아니지만, 운동화를 신고 머리를 질끈 묶고 다른 고민들은 잠시 내버려둘 시간이다.

우선 궁금했던 건 거울의 제작 시기였다. 당시 수입품을 쓸 수 있었다 치고, 윤두서가 사용했을 거울은 맞는지를 해결해야 했다. 두 번째 질문은 '그렇다면 왜 일본 거울이 해남 녹우당에 오게 된 것일까'였다. 일본 거울을 전공하는 연구자를 수소문했다. '왜경倭鏡'을 전공하는 연구자는 내게 거울에 새겨진 장인 집단의 활동 시기가 17세기 후반경임을 확인해줬다. 윤두서가 살았던 시기의 일본 거울임을 알게 된 후에야 걱정을 놓았다. 무로마치室町시대(1338~1573) 장인의 의욕을 높이기 위해 허가한 명문天下—과 장인의 이름森田, 현재의 도쿄 일대인 지명武蔵守까지 완벽하게 맞아떨어졌다.

그렇다면 다음은 '왜?'라는 질문이었다. 왜 일본 거울이 녹우당에 있는지를 파악하기 위해 녹우당의 소장품을 다시 살펴보았다. 거울과 더불어 눈길을 끈 것은 일본 지도였다. 녹우당에는 일본의 전 국토를 한 폭에 담은 지도가 있다. 전체를 펼치면 170센티미터 정도의 크기이지만, 접고 또 접으면 손바닥에 들어갈 정도로 작아지는 휴대용이다. 윤두서는 〈일본여도日本輿圖〉라는 지도를 직접 필사했다. 영국 도서관에는 이 지도의 원본 지도가 있다.

지도를 펼치면 일본 각 도道의 주州와 군郡, 도로와 해로, 지역을 다스리는 다이묘大名의 이름과 각 영지의 규모인 고쿠다카石高가 표시되어 있다. 조선에서 일본으로 가는 노정과 각 지역의 사정도 자세하다. 원본과 비교해보면 윤두서는 〈일본여도〉의 최북단에 있는 이데키夷狄라는 지명을 조선에서 불리던 하이도로 바꾸는 등 지도를 고쳐 그렸다. 일본 각 지역의 교통로와 지리, 문화에 대한 정보가 자세한 휴대용 일본 지도를 자신이 직접 필사해 가지고 있었던 것이다.

윤두서의 관심은 그때 어디에 머물고 있었으며 그에게 이

윤두서가 필사한 일본 지도   접으면 손바닥에 들어가는 크기의 휴대용 지도. 일본의 지명과 교통로, 각 지역을 다스리는 다이묘의 이름이 표시되어 있다.

물건들은 어떻게 오게 된 걸까? 과거나 지금이나 우리는 연결된 세계를 동경했다. 유학뿐 아니라 천문과 지리, 수학, 의술, 병법 등 새로운 앎과 지식에 열려 있던 그는 사물의 이치를 연구해 궁극에 도달하는 격물格物의 태도로 넓고도 깊게 우리 주변에 존재하는 것을 탐색했다. 그가 읽은 책, 만난 사람, 남긴 그림, 가까이 두던 물건을 볼수록 그가 어떤 사람인지를 알 것 같았다.

17세기 조선에 일본 물건이 들어온 루트나 발굴된 장소를 찾아보니 생각보다 많은 일본 물건이 조선 땅에 있었다. 가장 큰 영향을 미쳤던 것은 조선과 일본 사이의 외교 사절단인 조선통신사朝鮮通信使였다. 임진왜란으로 중단되었던 통신사는 포로를 데리고 오는 일이나 일본 국정의 탐색을 위해 재개되었다. 막부의 쇼군이 취임할 때마다 현안을 협의하기 위해 꾸려졌으며 두 이웃 나라 사이의 문화 교류의 한 매개체가 되었다. 실제 많은 일본 거울이 왜관과 한양을 잇는 교통로상에서 발견되었다.

녹우당의 일본 거울이나 일본 지도 역시 조선통신사로부터 유입되었을 것이다. 일본과 조선의 교류라는 시대적 상황을 윤두서의 일제 물건과 연결할 수 있었던 것은《비변사등록備邊司謄錄》덕분이었다. 조정의 회의와 의결 사항을 수록한 이 책의 1711년 6월 기록에는 통신사로 파견할 인사를 선정하는 회의 장면이 나온다. 당시 윤두서는 통신사 사절단으로 적합한 인재라며 추천되었다. 이런 기록을 만날 때 뭔가 찾은 기분에, 뭔가 풀릴 것 같은 마음에 반쯤 감았던 눈

이 번쩍 뜨인다. 그런데 그뿐이다. '그래서…… 갔다고? 못 갔다고?'

통신사로 뽑힌 인사 목록에는 윤두서가 없다. 아쉽게도 그가 일본에 간 공식적인 행적은 확인되지 않는다. 그래도 조정의 회의에 후보군으로 올리기까지 얼마나 많은 논의가 오고 갔겠는가. 그 자신도 일본에 가리라는 기대를 가지고 이렇게 저렇게 공부하며 통신사행을 준비하지 않았을까? 녹우당에서 가장 궁금하지만, 아직도 재구성은 어려운 아이템. 심증은 있지만 증거가 명확하지 않고 재구성을 위한 인물 인터뷰가 어렵다는 함정이 있다. 그래도 긴장을 놓지 않는다. 어디서 결정적인 단서가 나타날지도 모른다.

17세기 왕실의
한글 편지

언제부터인가 정리는 잘 버린다는 의미가 됐다. 새로운 것을 위한 공간을 확보하는 것이 모아두는 것보다 우월한 가치가 되었다. 생활에서도 단순함과 간결함을 추구하는 미니멀 라이프가 유행하고 정리법을 소개한 실용서는 한때의 베스트셀러이기도 했다. 하지만 오래된 물건을 쉽게 버리지 못하는 사람들 덕에 수집의 역사는 체계를 갖춰간다. 누군가는 오늘도 모은 것을 분류해 의미를 부여하고 부족한 것을 보충한다.

《숙명신한첩淑明宸翰帖》은 효종(1619~1659) 임금의 셋째 딸 숙명공주(1640~1699)가 받은 한글 편지 모음집이다. 어머니 인선왕후가 보낸 편지가 54통으로 가장 많고 아버지 효종과 동생 현종, 그리고 할머니 장렬왕후와 주고받은 편지로 구성되어 있다.

자그마치 왕실 가족의 편지인데, 게다가 한글이라니. 17세기의 한글 필체로 적힌 편지는 마치 이들의 대화를 관찰하는 기분을 들게 해서 좀 특별하다. 공개되리라 생각지 못한 장면을 바로 옆에서 보는 느낌이다.

> 너는 시집에 가 (정성을) 바친다고는 하거니와 어찌 고양이만 품고 있느냐? 행여 감기 걸렸거든 약이나 하여 먹어라.

고양이는 그만 안고 있으라며 질책하지만, 열두 살의 어린 나이에 시집간 딸에 대한 아버지의 마음은 어떠했을까? 숙명공주는 효종이 봉림대군이었던 시절 청나라 심양에 인질로 가 있던 때 낳은 딸이다. 투박한 말투 사이로 애정이 흐른다. 한자가 아닌 한글이다 보니 다정하기도 하고 시시콜콜하기도 하고 소소하기도 한 가족의 이야기를 가까이서 보는 듯하다. 욕심 없는 딸을 안타까워하는 마음은 다른 편지에서도 생생하다.

> 너는 어찌하여 이번에 들어오지 않았느냐? 어제 너의 언니는 물론 동생 숙휘까지 패물을 많이 가졌는데 네 몫은 없으니, 너는 그사이만 하여도 안 좋은 일이 많으니 내 마

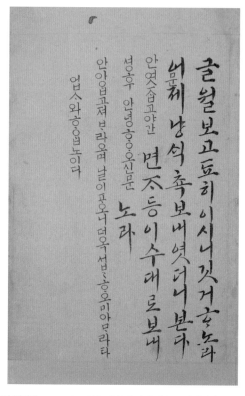

숙명공주의 편지와 효종의 답장
보고 싶은 마음에 날이 갈수록 섭섭하다는 공주의 편지를 받고 효종은 그 오른편에 답장을 남겼다. 소식을 듣고 기뻤다며 등을 보내겠노라 했다. 마음을 표현하는 자상함이 좋다.

음이 아파서 적는다. 네 몫의 것은 아무런 악을 쓰더라도 부디 다 찾아라.

근엄하기보다 잔소리하는 아버지의 모습은 왕실의 편지 같지 않고, 현실 아빠와 딸의 대화 같다. 아버지의 어떤 답장은 딸이 보낸 편지의 여백에 적혀 있었다. 일단 부쳐버린 편지는 다시 돌아올 리가 없건만, 수신자에게 간 편지가 답신을 담아 돌아온 것이다. 하나의 종이에 담긴 글은 기대하지 않은 선물이 도착한 느낌을 주었을 것이다. 편지에는 고양이를 좋아한 공주의 단정한 글씨체와 버럭버럭하는 아버지의 애정 어린 글씨체가 나란히 남았다.

한 살 아래 동생이었던 현종이 보낸 한글 편지는 왠지 더 반갑다.

> 밤사이 평안하셨는지요? 오늘은 정이 담긴 편지도 못 얻어보니 (아쉬운) 마음 그지없습니다. 이 홍귤 일곱 개가 지극히 적고 보잘것없사오나 정으로 모은 것이라 보내오니 적다 마시고 웃으며 잡수십시오.

누나가 받은 귤 봉지에 담겨 온 편지에는 당시에 귀했던 일곱 개의 귤을 보내는 동생의 마음이 실려 있다. 개수도 적고 보잘것없지만 적다고 하지 마시고 즐겁게 드시라고 한다. 무심한 듯하면서도 티격태격하고, 그 사이로 다정함이 묻어나오는 왕실 남매의 편지다.

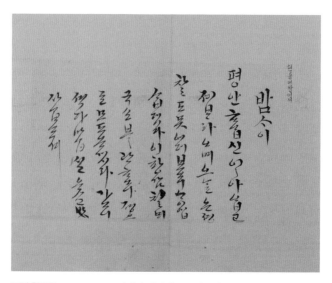

동생 현종이 누이(숙명공주)에게 보낸 편지

밤사이 평안히 주무셨는지 묻는 동생의 글씨체가 귀엽다. 편지의 용건은 일곱 개의 귤.

이 편지들이 전해지게 된 경위는 분명하지 않다. 단지 숙명공주의 남편 심익현의 후손가를 통해 전해진 것으로만 알려졌다. 300여 년 전의 어느 서재에서는 집안에 내려오는 어른들의 글과 편지를 두고 고민이 한창이었을 것이다. 후손들은 에디터가 되어 세상에 한 권뿐인 한정본의 지식을 모아 책으로 편집했다. 시간 순으로 엮을까, 발신자를 기준으로 할까 고심하다 가끔은 대화에 초대된 관찰자가 되었을 것이다. 그 역시 때로는 다정하고 때로는 별것 아닌 듯 소소한 일상의 기록을 따라 읽으며 미소 지었겠지?

일곱 개의 귤을 받아 본 공주를 떠올리며 한 번 더 즐거워졌을 것이다. 지금의 우리처럼 말이다.

오래된 사진의 기억

20세기 초 조선은 새로운 방문객을 맞이했다. 이들이 보고 느낀 조선의 모습은 몇 권의 책으로 발간되었다. 독일 베네딕트회 상트 오틸리엔 수도원 출신의 노르베르트 베버 Norbert Weber(1870~1956) 신부도 당시의 모습을 남긴 기록자 중 하나였다. 그는 상트 오틸리엔 수도원의 대수도원장(총아빠스)이 된 후 1909년 조선에 최초의 남자 수도원인 성 베네딕도 수도원을 세웠다. 처음 조선을 방문했던 1911년에는 부산에서부터 서울, 경기, 천안, 공주, 해주, 평양을 다닌 4개월의 기록을 모아《고요한 아침의 나라》라는 책으로 출간했다. 14년이 흐른 1925년 그는 한국을 다시 찾았다. 이번에는 영상 촬영기를 가지고서였다.

베버 신부가 35밀리미터 필름으로 촬영한 조선의 마을과

노르베르트 베버,
〈고요한 아침의 나라에서〉
중에서

20세기 초 조선을 방문한 새로운 방문객 중 하
나였던 노르베르트 베버 신부는 조선의 마을과
풍습, 사람들과의 만남을 영상으로 촬영했다.

풍습은 필름의 분량만도 15킬로미터가 넘는 방대한 양이었
다. 그가 담은 조선의 모습은 〈고요한 아침의 나라에서〉라
는 무성영화로 만들어져 독일의 100여 개 마을과 오스트리
아 빈에서 상영되었다. 하지만 오랜 시간이 흐르자 신부님
의 필름은 잊혔고, 2차 대전 후 필름의 소재는 알 수 없게 되
었다.

1970년대 말 독일 뮌헨의 수도원 지하실을 공사하던 중
행방을 알 수 없던 베버 신부의 필름이 발견되었다. 40여 년

만이었다. "조선인은 자연을 정복하기보다 그 찬란함 속으로 들어가는 꿈을 꾼다"고 한 그의 기록에는 열흘간의 금강산 여행도 담겼다. 그가 마법 같다고 한 장안사 대웅전의 화려한 닫집과 끝내 열어주지 않아 몰래 찍었다는 조사전의 모습도 생생하게 남아 있었다.

조선시대 사대부의 유랑지였던 금강산은 경원선이 부설되고 도로가 발달하면서 큰 변화를 맞이했다. 조선총독부 철도부 주관으로 시작된 대중 관광의 시대는 식민지 상황에서 빠르게 전개되었다. 1916년 〈매일신문〉은 "자동차로 금강산 가는 세상, 아침에 서울서 떠나 저녁에 금강산"이란 기사를 실었다. 아침에 남대문을 출발해 내금강 장안사에서 숙박을 하는 코스였다. 관광객은 명승지를 찾아 기념 사진을 찍고 기념 사진첩과 그림 엽서를 사들고 돌아왔다. 1938년경 대략 10만 명이 넘는 방문객이 금강산을 찾았다.

유리건판에 전하는 장안사는 1910년부터 1940년대까지 일제가 촬영한 것이다. 유리건판은 투명한 유리판에 빛에 민감한 약품을 발라 건조시키면 이미지가 맺히는 방식으로 흑백 플라스틱 필름의 원형격에 해당한다. 새로운 매체의 등장은 근대 학문에 있어서 하나의 큰 전환이었다. 대상을 실증적으로 담을 수 있었기에 학술 조사의 기록 자료로 활용되었다.

조선총독부는 1910년 병합 이전부터 1945년까지 우리나라 전역과 만주 지역을 망라하여 고적조사사업을 진행했다. 도쿄대학교 건축학 조교수였던 세키노 다다시関野貞를 중심으로 일본 통감부가 장악한 대한제국 탁지부로부터 조사 의뢰를 받은 일본의 사학자들이 참여했다. 조선 전역의 유적, 건축, 생활 문화를 조사한 결과는《조선고적도보朝鮮古蹟圖譜》라는 15권의 책으로 간행되었다.

조선총독부는 식민지 문화재 정책을 총괄하는 기구였기에, 일제 공문서와 유리건판은 박물관 자료 이상의 가치를 지닌다. 1915년 조선총독부는 한국 강제 병합 5주년을 기념한다는 명분으로 조선물산공진회를 개최했다. 경복궁의 건물을 이용해 전국의 물품을 전시한 박람회를 개최한 후, 그 건물을 이용해 조선총독부박물관이 만들어졌다. 조선고적조사사업의 결과물인 고고학 유물과 고미술품은 조선총독부박물관에서 광복 후의 국립중앙박물관으로 이관되었다.

한국전쟁으로 금강산의 여러 사찰이 소실되었지만, 3만 8000여 점의 유리건판은 살아남아 광복 후 국립중앙박물관으로 인계되었다. 박물관에서는 일제강점기 유리건판과 일제 공문서를 조사해 그 연구 성과를 공개하는 사업을 진행해오고 있었다.《유리건판으로 보는 북한의 불교미술》보고

서를 작성하기 위해 유리건판을 조사하면서 장안사 유리건판을 다시 보게 되었다.

유리건판은 20세기 초 우리에게 있었던 어떤 순간을 담고 있다. 판도라의 상자처럼 어떤 것이 나올지 몰라 두렵다가도 남아있어줘서 고마워진다. 개운하지 않은 복잡한 마음의 지점이 있다. 근대 조선이 겪었던 어려운 격변기를 지나며 만들어진 이러한 기록은 중요한 역사 자료다. 이것은 비단 장안사와 같은 사찰이 지금은 갈 수 없는 북한 지역의 사찰이기 때문만은 아니다.

한국전쟁을 겪으면서 1951년 장안사는 폭격을 당했고 오랜 역사를 지닌 수십 채의 건물과 진귀한 물건들은 사라졌다. 북한의 많은 사찰이 한국전쟁 이후 폐사되면서 문화유산은 망실되거나 소재를 알 수 없는 경우가 많기에 유리건판 자료는 더욱 중요하다. 유리건판은 식민 통치의 과정에서 만들어졌지만, 우리는 더 이상 존재하지 않는 시간을 흑백 이미지를 통해 바라볼 수 있다. 유리건판에 대해 묘한 감정을 갖는 것은 이 때문이다. 남아 있는 것 이상을 말해야 할 때면, 사진으로 남은 기록에 남다른 애정이 생기기 마련이다.

홀로 조용히 사진을 보고 있으면 마치 자신이 장안사의

장안사 사성지전 내부   금강산의 4대 사찰 중 하나였던 장안사는 한국전쟁
으로 소실되었다. 1941년 촬영한 유리건판에는 내부
가 뚫린 2층 전각의 모습과 천장까지 화려하게 장식
된 닫집의 모습이 담겼다.

어느 오후, 그 공간에서 카메라를 응시하는 듯한 아득한 마음이 일었다. 갑작스럽게 외부 세계에 개방된 공간은 서양 선교사와 일제 관학자에게 타자화된 시선으로 기록되었다. 하지만 그들도 촬영의 순간에 어떤 경이로움을 느끼지 않았을까.

지금은 가볼 수 없는 100여 년 전의 어느 한때, 잘 보이지 않는 어두운 전각 안을 찍은 사진에 단편으로 남은 정보를 재조합한다. 존재하지 않는 공간과 시간을 추론할 때, 남아 있는 것 이상을 말해야 할 때 상상의 미술사가 시작된다. 유리건판을 보고 있는 새 몇 번의 주말이 지나갔다. 한창 원고를 쓰고 있을 때 먼 곳에 사는 친구가 보내준 녹차가 배달되었다. 마치지 못했던 몇 가지 테마는 여린 찻잎을 우려낸 차를 마시며 마무리했다. 그리고 곧 봄날은 갔다. 그 때문인지 지금도 흑백의 유리건판을 보고 있으면 봄날의 녹차가 떠오른다.

모든 것의 시작, 서원

두 명의 고려 여인 이야기를 하려 한다. 연안군부인延安郡
夫人 이씨와 창녕군부인昌寧郡夫人 장씨, 그녀들이 누구인지,
언제 태어나 언제 세상을 떠났으며 어떤 삶을 살았는지 알
려진 바도 찾아낸 바도 없다. 이름도 모르는 두 사람이 한때
가졌던 소망이 무엇이었는지를 내가 알게 되었다는 정도다.
모든 것의 시작에는 서원誓願이 있었다. 서원은 소원, 기원
처럼 간절히 바라는 것이다. 다르다면 우리의 마음에 자라
는 막연한 바람보다는 꿈을 이루기 위한 노력과 실천에 더
무게가 실린다는 점이다. 절대적인 존재에게 '무엇을 해주
십시오'라고 기도하는 대신, '무엇을 하겠습니다' 하는 다짐
에 가깝다.

  1350년 연안군부인 이씨는 쪽으로 염색한 남색의 감지紺

모든 것의 시작, 서원　　**105**

紙에 금을 녹여 경전을 필사했다. 쪽은 들판에 핀 일년생 풀이지만, 4000년 전부터 사용된 지구상에서 가장 오래된 염료 중 하나다. 빛이 들지 않는 깊은 바다보다도 더 어둡고 깊은 푸른색을 낸다. 이곳이 아닌 다른 세계로 통하는 문이 있다면, 아마도 사경寫經의 쪽빛일 것 같다고 생각한 적이 있다. 금이나 은이 아니라면 이 종이를 이겨낼 재간이 없다. 고려인은 쪽빛과 금빛이 만날 때의 느낌을 사랑했다. 사랑하지 않을 수 없는 색이다.

나는 연안군부인 이씨가 누군지 모른다. 단지 그녀가 만들고자 마음을 냈던 사경이 손때가 묻은 작은 책으로 오랜 시간을 건너 전해졌기에 호기심이 생겼다. 불교의 가르침을 담은 경전을 한 글자 한 글자 손으로 적어 내려가는 필사는 기술적으로 인쇄술이 발달하기 전에 책을 만들던 방식만은 아니다. 적어 내려가는 줄에 다짐을 담다 보면, 적어야 할 빈 여백보다 채워나간 글이 더 많아지는 순간이 온다. 붓끝에 모인 서원은 세상에 단 한 권뿐인 책으로 만들어진다. 만든 이의 공덕도 함께 모인다.

푸른 사경은 오래 가까이 두고 읽어서 반질반질하다. 보통의 고려 사경과는 달리 앞뒤 양면 모두에《화엄경華嚴經》을 적고 그 내용을 알기 쉽도록 그림으로 그린 변상도變相圖를 수록했다. 아코디언 같은 사경을 펼치면 막 붓을 내려놓

積集妙花足行神

南無無量道場神

연안군부인 이씨의 사경,
화엄경 신중합부

연안군부인 이씨가 돌아가신 부모님과 남편을
위해 만들었다. 깊은 바다보다 더 어둡고 깊은 푸
른색에 찬란한 금빛이 만날 때의 느낌이 좋다.

은 것처럼 금빛 글자가 빛을 발한다. 앞면은 보현보살의 서원인 〈보현행원품普賢行願品〉으로, 큰 나무 아래에 앉은 보현보살에게 질문을 던지는 뒷모습의 어린아이가 그려져 있다.

선재善財라는 이름의 동자는 스승을 찾아 긴 여행 중이었다. 선재동자가 보현보살을 만나 어떤 꿈을 꾸는지를 묻는 장면에서는 현자의 가르침을 원했던 고려 여인이 보였다. 보현보살의 서원은 만나는 사람을 부처님처럼 대하고, 항상 좋은 점을 발견해 칭찬하고, 공양을 나누고, 자신의 잘못이나 허물을 반성하고 용서를 빌며, 좋은 일은 함께 기뻐하는 것이었다. 내 현재의 노력이 타인을 이롭게 하는 데로 향한다는 점이 다정한 꿈 같았다.

뒷면은 《화엄경》의 첫 번째 장인 〈세주묘엄품世主妙嚴品〉으로, 우주의 주인에게 보내는 세상 모든 신들의 노래다. 아주 오래전 모든 여래를 수호하겠다는 서원을 세운 39명의 신이 각자의 서원을 적은 글 사이에 그려져 있다. 족행신足行神은 손에 불꽃을, 도량신道場神은 절을 뜻하는 작은 집을 들고 있다. 여래가 나타나는 모든 곳에 있겠다는 서원처럼 어디든 함께할 이들이다. 연안군부인은 세상을 떠난 남편과 부모님의 영혼이 고통 없는 정토淨土에 태어나기를 기원했다. 어떤 꿈은 슬픔에서 걸어 나와 더 큰 서원이 되었다. 찬란한 금빛 사경은 서원을 세우고 실천한 결과 깨달음에 이

금박이 찍힌 주홍색 견직물
창녕군부인 장씨는 중국의 바른 집안에서 태
어나 남자의 몸을 얻기를, 윤회하는 생에서
벗어나기를, 길 잃은 이를 인도하는 밝은 빛
이 되기를 바랐다.

른 존재들의 해피엔딩을 들려주었다.

　두 번째 여인은 고려 비단 라羅로 짠 다홍빛 스카프의 주
인이었다. 그녀가 항상 하고 다녔을 스카프에는 구름 속을
자유롭게 나는 봉황과 어떤 소원이든 들어주는 여의如意가

금박으로 찍혀 있고, 밑단에는 자주색 매듭 단추가 달려 있다. 그녀는 이를 불상의 몸 안에 넣었다. 불상 내부가 일종의 진공 상태가 되면서 700여 년 만에 세상에 모습을 드러냈다. 세로로 적힌 단정한 글씨는 자신을 '불제자 남섬부주 고려국 창녕군부인 장씨佛弟子南贍部洲高麗國昌寧郡夫人張氏'라고 소개했다(불교에 귀의한 자신을 '남섬부주 고려국', 즉 인간계의 고려에 살고 있는 여인이라는 의미를 나타낸 표현이다). 금동아미타불상을 만드는 일에 동참했던 그녀의 서원은 백지에 먹으로도 기록되어 전해진다.

그녀 삶의 목표는 이번 생에서의 독립이었다. 그녀는 한 생각 한 생각을 다스려 삶의 진리를 깨닫고, 보다 나은 이가 되고자 노력했다. 삶은 쉽게 사그라들고, 사랑, 애정, 미움과 같은 감정은 집착이 되어 우리를 고통으로 몰고 갈 것이기에, 생사를 반복하는 윤회에서 벗어나 깨달은 존재가 되기를 꿈꾸었다. 그럼에도 불구하고 다음 생에 또다시 인간의 몸으로 태어나야 한다면, 중국의 바른 집안에서 태어나되 남자의 몸을 얻기를 기원했다. 자신은 국왕도 고관대작도 되려 하지 않으며 오직 동자가 되어 출가할 것이라고 했다. 약사불과 아미타불처럼 용맹하게 수행하고 타인을 공경하며 지혜와 자애로 중생을 구제하겠다는 것이 그녀의 다짐이었다.

그녀에게는 또 다른 꿈도 있었다. 화가가 되거나 글쓰기의 즐거움을 깨달아 경전을 필사하거나 아픈 이를 치유하는 명의가 되거나 길 잃은 자에게 올바른 길을 보여주는 밝은 빛이 되고자 했다. 그녀에게는 자신의 깊은 내면을, 우울을, 욕망을 이해해주는 이가 있었을까. 참 바다 같은 사람이구나. 어떻게 이런 큰 바람을 기원하는 걸까 싶었다.

'아픈 이들을 치료하는 약사여래에게는 열두 가지 서원이 있었고, 석가모니는 500개의 큰 서원을 세웠다'고 고려 여인들은 자주 그 말을 되뇌었다. 이들이 세운 크나큰 서원이나 보살의 꿈만 의미 있는 것은 아닐 것이다. 평생 무언가를 꿈꾸며 산다는 것은 도달하기 위해 애쓴다는 점에서 작지만 강력하다. 서원이 모여 삶은 삶다워진다.

한 해를 얼마 남겨두지 않은 겨울밤, 천문관측소의 실시간 방송이 들려왔다. 고려시대에도 목성과 토성이 우리나라 밤하늘에서 이처럼 가깝게 관측된 적이 있었다고 했다. 고려 여인을 생각하고 있어서였는지, 올려다본 서쪽 하늘 가까이서 반짝이던 두 행성을 이들도 봤을까 궁금해졌다. 내가 그녀에 대해 아는 건 서원이 적힌 짧은 기록과 이들이 남긴 물건뿐이지만, 매일 밤하늘을 바라보고 달을 찾는 이가 그때도 있었다는 게 반가웠다. 그녀의 목소리가 들려오던 날, 나는 내게도 독립기념일이 있었는지를 물었다. 오랜 시간을 건너 힘이 되고 의지가 되는 무수한 그녀가 부디 서원을 이루었기를 기원했다.

고리타분씨는 죄가 없다

"나는 진짜 궁금해. 한번 그때로 돌아가 보고 싶어."

틈만 나면 조선총독부박물관 자료와 소장품을 맞춰보던 선배는 직접 보고 오면 좋겠다며 말문을 연다. 풀리지 않는 일 앞에서 소원을 말하는 표정이 진지하다. 주변의 동료들도 나도 그렇다는 표정으로 고개를 끄덕인다. 이왕 과거로 돌아갈 거라면 뭔가 더 그럴듯한 꿈을 꿀 수도 있으련만, 고작 궁금한 거 풀고 오겠다니, 정녕 그게 다인가 물을지도 모르겠다. 현재보다 과거가 익숙한 사람들은 7세기 삼국시대의 대유행도 알아맞히고, 시대별 나라별 트렌드는 토기든, 말을 꾸미는 말갖춤 세트든 척척 맞힌다. 부동산 시장, 주식, 재테크 전망 같은 요즘의 현상은 깜깜하면서도 잘 안 맞는 과거의 퍼즐을 만나면 그냥 지나치지 못한다.

큐레이터는 디스토피아 소설에 나오는 히스토리맨에게 마음이 간다. 주인공은 엉망진창이 되어버린 현재에서 빠져나올 답을 찾기 위해 과거로 돌아간다. 과거를 지운 이들 사이에서 문제를 해결하는 핵심 인물은 홀로 역사를 기억하는 이다. 오래된 물건도 함께한 시공간을 기억한다. 가상과 현실을 구분하고 가상의 세계에서 돌아오게 하는 지점, 그 단서가 우리에겐 박물관에 있는 셈이다.

《대고려, 그 찬란한 도전》에 출품할 유물을 선정하던 때였다. 1915년부터 시작되었던 일제의 조선고적조사사업의 결과물로 발간된 《조선고적도보》를 살펴보고 있었다. 고려 지배층이 살았던 개경 근교의 무덤에서 나왔다고 전해지는 물건 중 내 눈길을 사로잡은 건 '고려인의 피규어'였다. 물론 작고 반짝이는 것을 내 맘대로 혼자서만 부르는 이름이다.

흑백 유리건판으로 촬영된 유물을 수장고에서 실사하던 중 이 유물을 모아놓은 종이 상자에서 눈을 떼지 못했다. 재료와 형태는 다양했다. 수정이나 석영, 연옥, 납유리와 같은 귀한 재료로 동자도 만들고 원숭이도 만들었다. 자신이 숨은 걸 누가 볼까 웅크린 토끼도 있고, 한없이 투명한 사자도 있었다. 웃고 있는 사자, 배추 모양의 옥, 개성에서 나온 고만고만한 크기의 장신구는 피규어 주인들의 기호와 취향을

개성에서 출토된 다양한 물건들　수정이나 석영, 연옥, 납유리와 같은 귀한
재료로 만든 고려인의 피규어. 자신이 숨은
걸 누가 볼까 웅크린 토끼도 있고, 한없이
투명한 사자도 있다.

고스란히 보여주었다.

　하지만 일제강점기에 정식 발굴을 거치지 않고 무분별하
게 도굴되어 세상에 모습을 드러낸 유물이었기에 밝혀낼 수
있는 근거나 자료는 거의 없었다. 가깝게 보아야 할 때가 있
고, 거리를 두고 조금 멀리 보아야 보이는 것이 있다. 호기심
을 해결해줄 단서는 유물에서보다 시야를 넓혀 조사해야 찾
을 수 있다. 고이지 않고 순환하는 문화, 유행의 흐름에 작은
단서가 남아 있기 마련이다.

애초의 장소와 시간으로부터 멀어져 이제는 남겨진 물건으로 불리는 유물은 만든 이나 소유했던 이를 알 수 없는 경우가 많다. 한 사람의 흔적에서부터 시대의 기술이나 유행이 담기기도 하고, 다른 언어로 말하고 서로 다른 신을 믿었던 세계가 만났을 때의 기억이 간직되기도 한다. 유물의 기억은 문자로 기록된 정보보다 함축적이며 풀어야 할 암호로 가려져 있다. 세상은 살아 있는 이들만의 것이 아니었고 신화와 이성이 공존했기에 소중하게 생각한 가치나 믿음, 꿈과 같은 것이 머물다 간 자리가 남았다. 새로운 형식이나 사조의 유행에는 그에 맞는 이유가 있다. 왜일까 하는 질문을 따라가다 보면 그 시공간을 살아낸 이들을 만나게 된다.

이 작고 귀여운 옥석류는 중국 내몽고 지역의 요나라 무덤에서 출토되는 유물과 유사하다. 사냥과 수렵을 좋아하던 북방 유목민족은 늘 타고 다니는 말을 장식하던 마구馬具에 사용하거나, 자신을 치장하는 목걸이나 신분을 나타내는 장신구로도 사용했다. 중세 동아시아에 넓게 퍼져 있던 하나의 유행이었던 셈이다. 작은 구멍이 뚫려 있어 어딘가에 부착하거나 매달 수 있는 건 복식이나 장식의 일부였겠다 싶지만, 어떤 구멍도 없는 작은 옥석류는 그 자체로 완전체다. 좋은 유물은 스스로 말한다는데, 내가 연구하는 유물은 왜 이리 과묵한가 생각할 때가 많다. 하지만 정식 발굴로 드러난 것이 아니어서 조명받지 못했을 뿐 지금껏 알지 못한 고려가 아직 많다는 의미다.

때마침 미술부의 도자사 전공 큐레이터인 K가 《동문선東文選》의 기록을 찾아줬다. 고려 예종이 유학을 진흥하기 위해 청연각清讌閣이라는 도서관을 짓고, 이를 축하하는 잔치를 준비한 대목이었다. 청연각은 왕실의 귀중한 책을 모아두는 일종의 궁중 도서관인 동시에 서화가 걸려 있는 박물관이었고, 아침 저녁으로 경서를 강론하는 경연의 장소였다. 기록을 보고 잔치의 모습을 떠올려보았다.

난간 밖에 돌을 쌓고 정원에는 물을 끌어다 연못을 만들고 만 가지 모양의 산이 우뚝 솟은 인공 정원을 꾸몄다. 휘장을 늘어뜨리고 정연하게 그릇을 배치하고, 잔이나 접시 등에 궁궐의 이름난 진미와 사방의 아름답고 맛 좋은 것을 담았다. 흙을 구워 만든 주먹만 한 둥근 관악기 훈塤의 부드러운 저음과 대나무로 만든 지篪가 내는 곱고 맑은 고음으로 합주가 이루어지는 공간 한쪽에는 유리, 마노, 비취, 무소뿔 같은 귀한 재료로 만든 감상용 물건이 진열되어 있었다.

– 〈청연각기〉, 《동문선》 권64

누군가에게는 드래곤볼　작고 반짝이는 물건이 기억하고 있는 시간은 어떤 걸까, 어디에 있었으며 누구와 함께였을까.

확신할 수는 없지만, 왕실 파티에 묘사된 진귀한 물건이 개성에서 나온 이 작고 반짝이는 물건과 같은 종류일 것 같다. 하여 전시실의 '왕실의 잔치에 초대받다' 항목과 '타임캡슐을 열다' 자리에 이들을 배치했다. 동아시아가 공유했던 요소, 거란 무덤에서 나온 발굴 사례, 고려사의 기록을 종합할 때 그 자체로 즐기며 구경하는 완상玩賞용 물건으로 봐도 괜찮겠다 싶어서였다. 하지만 이 역시 눈 밝은 연구자가 명확한 증거를 제시하면 달라질 수 있으니, 그전까지만 유효한 의견일 수 있다.

한 발 내딛을까 말까를 망설이는 사이, 관람객은 우리의 상상력으로는 따라갈 수 없는 참신한 의견을 낸다. 전시 리뷰를 적은 블로그에는 국립중앙박물관에 드래곤볼이 있으니《대고려, 그 찬란한 도전》에 가서 꼭 보고 오라는 후기가 올라와 있었다. 1990년대 이후 국내에서도 큰 인기를 누렸던 만화의 상징물을 찾아낸 이들은 이제 전시실에서 자신의 추억을 소환한다. 앞서 특별전을 봤던 많은 이가 자신도 드래곤볼을 봤다며 반가움과 격한 공감을 보내고 있었다.

미술사에서 중요한 사건이었다고 해서, 큐레이터에게 중요한 유물이었다고 해서 관람객에게 닿는 것은 아님을 잘 알고 있지만, 가끔은 정말 궁금하다. 이 작은 물건들은 이렇게 반짝이며 자신을 바라보게 하는데, 네가 있었던 곳은 어디였으며 누구와 함께였을까. 무엇을 기억하고 있을까. 이제 우리에게 너의 이야기를 들려주면 좋으련만…….

영혼의 여정

지옥문이 열렸다. 아무것도 걸치지 않은 벌거벗은 두 영혼은 3년에 걸친 심판을 마치고 막 문을 나서려는 참이다. 이글거리는 불꽃에 휩싸인 문은 지옥과 현세를 구분하는 경계이자 다음 생으로 연결되는 통로다.

지옥에서 해방되어 나오는 이들의 얼굴에는 후련함과 기쁨 대신 두려움과 공포가 가득하다. 두 영혼이 이 문을 나서는 것은 처음이 아니기 때문이다. 이미 무수한 세월 동안 이 길을 드나들었으나 다시금 육도六道로 떠나는 긴 줄에 서 있게 된 것이다.

명부로 가는 길에는 여러 고난이 있다. 죽어서 가는 길에는 단지 홀로 아득한 넓은 들판을 헤매는데, 이것을 중유中有의 여행이라고 한다. 길을 가려고 할지라도 구할 수 있는 식량이 없고 중간에 머물려고 해도 멈출 만한 곳이 없다. 어두운 곳은 캄캄한 밤의 별과 같다.

죽은 지 7일이 되어 만나는 첫 번째 지옥의 왕은 윤회로 인해 되풀이되는 고통스러운 여행의 기록을 들려준다. 삶이 어디를 향해 가는지를 깨닫지 못한다면, 우리는 이 여정을 되풀이해야 한다고 했다. 행동뿐 아니라 마음이나 말로 지은 죄도 업이었다. 지난 생보다 나은 삶을 살겠다고 과거를 참회하더라도 예기치 못한 선악의 업보는 계속 따를 것이다. 그렇다면 지옥은 우리의 삶과 항상 함께하는 것일까?

불교의 내세관에서 지나온 삶을 되돌아보는 3년은 유예 기간이기도 하다. 지옥에서 정토로 오르는 데는 두 가지 길이 있다. 삶의 유한성을 깨닫고 윤회로부터 벗어나는 것만이 불교적 의미의 구원이다. 구원의 첫 번째 방식인 '수행'은 올바른 삶의 진리를 깨달을 수 있는 힘이 내 안에 있음을 믿고 실행하는 것이다. 하지만 죄를 참회하거나 수행할 기회를 갖지 못하고 갑작스럽게 죽음을 맞은 이에게도 방법은 있다. 그 방법이 '공덕'이다.

살아 있는 사람들은 먼저 세상을 등진 이의 영혼이 지옥에서 벗어나 윤회하지 않는 세계에서 태어날 수 있기를 바랐다. 그래서 구제받을 수 있는 방법을 열어놓은 것이다. 이

**지옥을 다스리는 왕을
그린 시왕도의 부분**

오랫동안 닫혀 있던 문이 열렸다. 바깥 세상으로 첫
발을 내딛는 이들의 표정에 머뭇거림과 두려운 빛이
스친다.

여정은 지옥에서 연옥으로, 그리고 다시 천국으로 이어지는 단테의 《신곡》과 유사하다. 단테는 살아 있는 자를 돌려보낸 적이 없다는 지옥과 연옥의 문을 통과해 최종적으로 천국에 이르는 내세의 세계를 여행했다. 가톨릭 교리에서 연옥은 지옥과 천국 사이에 존재한다. 이곳은 상대적으로 가벼운 죄를 지은 자들이 머무는 세계로, 살아 있는 자가 대신해 올리는 기도는 연옥에 머무는 영혼을 구제할 수 있다. 불교에서도 생명을 지닌 존재는 인연과 윤회라는 하나의 그물 속에 연결되어 있다. 살아 있는 자의 기도는 영혼의 고통과 시련을 단축할 수 있다. 윤회하는 삶에 대한 인식은 모든 살아 있는 존재의 행복과 깨달음을 바라는 마음으로 이어진다.

화면 하단의 장면은 이 그림의 또 다른 프리퀄이다. 노란색과 주황색, 푸른색과 빨간색이 만드는 경쾌한 색감에 그리 무섭지 않은 인물을 하나 하나 보고 있으면 재미있어 보이는 기분마저 든다. 처음에는 별다른 긴장 없이 심각하게 생각지 않고 스르륵 보았을 뿐이다. 하지만 이 그림이 삶 이후에 만나게 되는 세계를 그렸다는 점과, 등장인물들이 살아 있는 이들이 아니라는 점을 알게 되면 오싹해진다. 지옥사자를 따라 이승과 저승의 경계가 되는 강을 건너고 한 번도 가보지 못한 명부의 세계로 간 영혼의 이야기이기 때문이다.

　지옥을 다스리는 열 명의 왕과 심판 장면을 그린 불화를 〈시왕도十王圖〉라고 한다. 불교에서 모든 영혼은 죽은 지 7일째 되는 날에서부터 일곱 번째 7일이 되는 49일까지 일곱 번의 심판을 받고, 그 이후에도 100일, 1년, 3년에 걸쳐 총 열 번의 재판을 받는다고 한다. 이는 보다 공정한 심판을 위한 방식으로 지옥의 왕도 열 명이다. 지옥의 주재자로 알려진 염라대왕은 힌두교에서 죽음을 최초로 경험한 이, 야마Yama에서 유래했으나 불교에 유입된 후 지옥을 다스리는 다섯 번째 왕이 되었다. 어떻게 살고 있는지 물을 새도 없이 달려온 지난 삶을 되돌아 보는 시간이 그림에 담긴다.

　붉은 관복에 검은 관을 쓴 관리의 손에는 망설임 없이 쓱쓱 적어 내려간 문서가 들려 있다. 문서에 찍힌 붉은 도장은 영혼에 대한 판결이 공적이고 객관적이었으며 되돌릴 수 없음을 나타낸다. 배에 힘을 주고 소리 내어 읽어 내려갔을 목소리를 상상해본다.

　죄인 ○○○는 이번 생에 ~했으며 ~한 일에 ~한 바, 다음 생에는 ○○로 태어날 것이며, 그전에 ○○ 지옥을 거쳐야 함을 명하노라.

영혼의 윤회를 그린
시왕도의 부분

무수한 과거의 시간이 모여 현재는 또 다른 시간으로
연결된다. 같은 모험을 하는 중이라는 연대감이 타인
을 위해 기도하게 한다.

빨간 머리에 근육질의 인물은 지옥을 지키는 옥졸獄卒로, 판관을 돕거나 형벌을 집행한다. 도망갈 수도 눈을 감을 수도 없는 당황스러운 상황이지만 그렇게 무시무시한 인상은 아니다. 손에 동물 가죽을 든 옥졸은 다음 생에 동물로 태어날 영혼 담당이다. 말가죽을 뒤집어쓰고 있거나 뱀의 모습인 이는 다음 생에 축생, 즉 동물의 몸을 받았다. 원인이 없는 결과는 없다. 무수한 과거의 시간이 모여 현재를 이루고 현생의 삶이 다른 시간으로 연결된다.

그림 한쪽에는 육도 윤회의 삶을 구체적으로 알기 쉽게 묘사했다. 두 개의 머리를 지닌 인물 위로 피어오르는 흰 연기는 여섯 갈래의 길로 퍼져나간다. 영혼의 다음 생은 회전판의 바퀴를 따라 펼쳐질 것이다.

같은 주제를 그린 일본이나 중국의 불화는 형벌과 심판의 사실적인 느낌을 강조한다. 고통은 날카롭고 현실감 있게 그려져 참혹한 인상을 강조한다. 이에 비해 조선의 불화는 영혼의 다음 생이 결정되는 그림임에도 그렇게 무섭지 않다. 들려주고 싶은 건 공포나 비극적인 현실보다는 '그럼에도'로 시작되는 이야기였다. 지옥에 고통받는 이가 단 한 명이라도 남아 있다면 성불하지 않고 이들을 구제하겠다고 맹세한 지장보살의 서원이 불화 전반의 서사를 끌고 간다.

기억하지 못하는 과거의 잘못이나 알고도 모르고도 지은

죄가 소환되는 살벌한 공간에 두 손을 모은 아이들이 보인다. 빛도 즐거움도 없는 곳에 머무는 고요한 표정의 동자童子는 세속에 물들지 않고 선과 악을 공정하게 구분한다. 명부세계를 그린 그림에 등장하는 어린이는 영혼에게는 한 줄기 빛이기도 하다. 죽음만이 가득한 세상에 존재하는 어린 생명은 다음 생으로의 탄생과 새로운 시작을 의미한다.

불화에는 언제 만들어 어디에 봉안했는지의 정보와 시주자를 모집하고 불화를 제작한 승려들, 그리고 이들의 소망을 적은 화기畵記가 남아 있다. 화기는 당시 사람들의 목소리를 전해주는 생생한 기록으로, 좋은 일을 한 공덕이 타인에게로 향하기를 기원하는 바람이 담긴다. 서방 극락정토에 태어나 아미타불을 만나거나, 다음 생에는 눈물 없는 몸을 받기를 기원하는 문구를 적는다.

오랜 시간을 건너 우리에게 전해진 불화는 누구도 피할 수 없었던 상실감과 부재에 대한 이야기를 들려준다. 누구든 사랑하는 이와의 이별을 겪어야 하지만, 우리는 보이지 않는 그물망 속에서 연결된 존재라고 했다. 같은 모험을 하고 있다는 공통의 의식이 있었다.

삶을 변화시키는 결정적인 만남도 아무렇지 않게 스르륵 지나가는 하루하루에 숨겨져 있다. 영혼의 여정을 그린 그림 앞에서 마음이나 몸을 괴롭히는 고민과 갖지 못한 것에 대한 욕망을 내려놓기를, 현상 아래 가려진 것을 보았던 지혜로운 시선을 마주할 수 있기를 바란다. 타인을 위해 올렸던 기도와 죽음 이후의 세계를 준비하던 사랑의 힘, 그 따뜻한 기억만 생각하고 싶다.

두 가지 맛 복숭아

소장품전은 의리로 본다고 했지만, 오늘따라 시간을 내어 찾아간 전시가 별로였다. 학술대회며 업무며 때맞춰 오는 일들에 전시 하나 볼 시간 내기도 빠듯한 와중이었다. 잘못하면 놓치겠구나 싶어 골랐는데 꽝이다. 내 기분이 그랬는지, 컨디션이 별로였는지, 내 안의 투덜이가 탈출한 날이다. 너는 별로인 게 왜 이리 많냐며 같이 간 친구가 웃는다. 굳이 항변하자면, 작가에게도 자신의 마음에 안 드는 작품이 있듯이, 전시가 내 맘에 안 들 수 있다. 고심해서 만든 주제도 관람객에게 가닿지 않을 수 있고, 당연히 유물이 별로일 수도 있다.

"〈요지연도瑤池宴圖〉나 보러 갈걸."

같이 간 친구가 복숭아 빵 하나를 건네며 말했다. 발그레한 분홍빛이 도는 모양이 백도를 꼭 빼닮았다. 봉지를 뜯자

신선 세계의 복숭아 서왕모가 사는 곤륜산에 열리는 불로장생의 복숭아는 조선 왕실뿐 아니라 민간에서도 사랑받은 매혹적인 주제였다.

달콤하고 은은한 향이 올라온다. 그냥 먹기 아까운 귀여운 모습을 바라보다 3000년에 한 번 열린다는 서왕모西王母의 복숭아가 생각났다. 만물을 소생하게 하는 힘을 가진 중국의 신선 서왕모는 복숭아가 탐스럽게 익으면 곤륜산의 호숫가에서 파티를 열었다. 그 장면을 그린 〈요지연도〉에는 초대받은 주나라 목왕 이외에도 석가모니와 신선, 선녀, 노자가 등장한다. 각자의 자가용 구름을 타고 바다를 건너 하나둘 모여드는 장면 사이로, 먹으면 죽지 않고 아프지도 않다는 불로장생의 복숭아가 보인다. 사람들의 마음을 흔들어놓았을 매혹의 복숭아는 이후에도 즐겨 그려졌다. 내 마음은 오늘 복숭아 맛이다. 서왕모의 복숭아가 하늘나라 맛이라면, 알싸하게 매운 복숭아도 있다.

복숭아 빵은 '감로甘露'로도 보인다. 사찰에 가면 보는 그림 중에 〈감로도〉라는 불화가 있다. 감로는 단 이슬이라는 뜻이다. 처음 그 불화 앞에 섰을 때 불꽃에 휩싸인 채 붉은 머리를 휘날리는 '아귀餓鬼'에게서 눈을 뗄 수 없었다. 바늘처럼 가는 목구멍에 남산처럼 볼록한 배, 음식을 삼키면 불꽃으로 변해 굶주림에 허덕이는 기괴한 모습. 그가 보여주는 세상이 거기 있었다.

어느 마을의 평범한 일상을 포착했나 싶지만, 산과 강, 마을과 나무를 경계로 등장하는 장면은 삶에서 만난 최악의 순간이다. 백년해로를 약속한 부부가 싸우는 가운데 보살핌을 받지 못하고 울고 있는 아이, 의지할 데 없는 늙고 외로운 이가 보인다. 약초를 캐다 떨어지고 산에서 호랑이를 만나는 이 옆에 누군가는 집이 무너져 깔리고 누군가는 의료 사고로 혹은 아이를 낳다가 죽는 경우도 있었다. 영혼이 겪은 갖가지 불행은 전쟁과 굶주림, 전염병의 공포와 더불어 도

감로도   붉은 머리의 아귀餓鬼는 늘 굶주림에 허덕이는 귀신이다. 윤회를 계
속하는 중생이 고통에서 벗어날 수 있는 방법을 그린 불화에서 감로
는 삶의 진리를 상징한다.

처에 있었다.

이 불화의 이야기꾼이 따로 있음을 알게 된 것은 한참 후
였다. 드라마틱한 화면 구성과 달리 하늘 위에서 고요하게
세상을 내려다보는 한 사람이 보였다. 석가모니의 십대제자
중 하나인 목련존자木連尊者였다. 효도를 강조한 불교 경전
인《우란분경盂蘭盆經》에는 돌아가신 어머니가 아귀가 되어

삶과 죽음,
현실과 지옥의 경계

어느 마을의 풍경인가 싶지만 삶에서 만나는 최악의
순간이다. 폭력 남편과 울고 있는 아이들, 아이를 낳다
가 죽은 여인, 잘못된 의료 사고의 공포, 약초를 캐다
가 때로는 집이 무너져서 죽는 삶의 공포를 담았다.

고통에 빠진 모습을 본 목련존자가 나온다. 그는 비참한 마음을 누르고 부처에게 구제 방법을 묻는다. 부처는 단 하루, 음력 7월 보름인 백중날, 여러 수행승을 초청해 우란분재를 마련하고 깨달을 기회가 없던 영혼에게 바른 가르침을 들려주라고 했다. 하여 불행한 죽음을 맞이할 수밖에 없었던 많은 영혼도 초대받았다.

'목련존자의 어머니 구출기'를 보여주는 그림에서 삶과 죽음, 현실과 지옥의 경계는 모호하다. 이는 세상은 살아 있는 이들의 것만이 아니라는 오랜 믿음에 근거하지만, 어쩌면 우리는 지금도 그 모호한 경계 사이를 오가며 살고 있는 건지도 모른다. 〈감로도〉에 어찌할 수 없는 현실의 고통을 그린 이유는 뭘까. 타인의 아픔이 나와 무관할 수 없듯이, 누군가 나를 위해 기도한다면 나는 혼자가 아닌 걸까. 영혼이 겪은 갖가지 불행은 담담한 톤으로 그려진다. 고통은 음식이 아니라 부처의 가르침을 뜻하는 '감로'를 받을 때 사라졌고, 영혼을 구제할 수 있는 여래는 구름을 타고 전속력으로 내려왔다. 바로 지금 이곳으로.

꼭 들려주고 싶었던 건 피할 수 없는 일에 대한 공포가 아니었다. 불행을 그린 마음은 낮고 어두운 자리로 내려간 종교가 슬픔과 고통에게 건네는 가장 담담한 위로였다. 자신의 공덕으로 다른 존재의 깨달음을 바라는 연대감, 구제될 수 있다는 가능성 말이다.

여름이 되면 두 가지 맛 복숭아를 떠올린다. 달큰한 향도 알싸하게 매운 향도 우리 삶의 감각을 깨우는 소중한 맛이다. '그래, 날이 좋은 날에는 매혹의 복숭아 그림을 보자. 파티가 끝나고 그때 현재로 돌아와도 늦지 않지.' 이번 주말에는 〈요지연도〉를 보러 가기로 했다. 복사꽃의 발그레한 꽃잎을 보고 하늘의 복숭아를 상상했던 이들을 만나러 가야겠다. 벌써부터 코끝에 복숭아 향이 맴돈다.

덧없는 인생이라니요

울다가 깨어본 기억이 있는 이는 타인의 얼굴에 남은 눈물 자국을 알아본다. 고려의 문인 이규보(1168~1241)는 꿈에 자신을 찾아온 친구에 관한 기록을 남겼다. 그 친구가 써달라고 하는 건 이미 두 해 전에 세상을 떠난 임춘林椿의 묘지명이었다. 더구나 내미는 목침이 뭔가를 쓰기에는 너무 좁았지만, 의아해하면서도 망설이다 짧은 문장을 써주고는 꿈에서 깼다. 며칠이 지나고 꿈에 나왔던 친구가 정말로 그를 찾아왔다. 여섯 살 아들이 갑자기 세상을 떠났다고 했다. 아이를 임춘의 묘 가까운 곳에 묻었다는 소식도 전했다. 자신을 꼭 빼닮았던 아들을 떠나보낸 늙은 뺨에는 눈물 흔적이 가득했다. 이규보는 친구의 슬픔이 전해져 자신의 꿈으로 옮겨졌다고 생각했다.

꿈이 어찌 징조가 없을 것인가?

일에는 미리 참언도 있는 것일세

돌이켜 생각하니 어제 한밤중에

한단침에 잠이 깊이 들었는데

자네가 와 남의 묘지명을 부탁했네

깨고 나니 참으로 너무 이상했네

자네가 와서 아들 죽은 것을 알리는데

눈물 흔적이 늙은 뺨에 남아 있구려

인하여 꿈속의 일을 생각해보니

이것이 아마 정신의 감동이 아닐까

　기억나지 않는 꿈도 있지만, 깨고 나서도 어떤 의미가 있을까 한참 궁금한 꿈도 있다. 청자로 만들어진 베개는 고려 사람들이 공유했던 꿈의 기억을 보여준다. 그의 시에는 한단침邯鄲枕, 즉 한단의 베개라는 표현이 등장한다. 당나라 때 지어져 송대 유행한 '베개 이야기'인《침중기枕中記》에는 한단이라는 번화한 도시의 한 주막에서 있었던 에피소드가 담겨 있다. 청자 베개의 세계관은 양측에 뚫린 구멍에서 시작된다.

　도사 여옹呂翁은 길을 가던 중 과거 시험에 연이어 떨어지

청자 상감
모란 구름 학 무늬
베개

청자로 만들어진 베개는 고려 사람들이 공유했던 꿈의
기억을 보여준다. 고려인들은 손에 잡히지 않는 헛된 욕
망은 덧없는 꿈이라 생각했다.

며 낙심한 '취준생' 노생盧生을 만났다. 노생은 세상에 태어
나 즐거움도 없고 운도 없다며 자신의 처지와 형편을 한탄
하다 졸기 시작했다. 주막 주인은 밥을 하기 위해 메조를 씻
어 솥에 안치던 중이었다. 여옹은 자신의 봇짐에서 베개를
꺼내, 어찌 그리 고달파 하냐며 이것을 베면 부귀영화를 뜻
대로 누릴 거라며 한잠 자기를 권했다. 베개의 양 끝에는 구
멍이 뚫려 있었다. 노생이 몸을 숙여 바라보자 구멍은 점점
커지고 환해졌으며 그는 그 속으로 빨려 들어갔다.

　몇 달 후 노생은 진사 시험에 합격하고 아름다운 명문가의 부인을 얻었다. 그가 세운 공과 덕망으로 세상에 이름을 드날리고 점차 많은 이의 칭송을 받는 재상이 되었다. 그러나 자신을 모함하는 무리가 있어 변방으로 유배되었다. 끝내 사형 집행의 위기에 처해 어쩌자고 이런 길에 들어섰을까 한탄을 하다 구사일생으로 목숨을 건졌다. 몇 년이 지나 다행히 모함을 벗게 된 그의 노년은 편안했고 다섯 아들도 모두 고관대작이 되어 부귀영화로 여생을 누렸다.

여든 살이 된 그가 병이 들어 생을 마감하려는 순간 노생은 잠에서 깼다. 모든 게 전과 다름없었다. 그의 옆에는 여옹이 있었고 여관 주인이 짓던 기장밥은 아직 익지 않았다. 이루고자 하는 모든 것을 갖고, 삶에 찾아온 이런저런 일을 겪은 긴 시간은 잠깐의 꿈이었다.

한단의 장터에서 도사 여옹을 만난 노생은 자신의 삶이 신나지 않다고 했다. 다른 삶은 없을까 생각하기도 하고 닿을 수 없는 것을 갖고 싶어 했다. 베개의 구멍을 따라 들어간 세상에서 그는 그토록 원해온 모든 것을 이루었다. 하지만 이 모두는 그저 한낮의 짧은 꿈이었다. 노생을 주인공으로 한 이 고사는 세속적인 욕망의 덧없음을 알려주는 이야기로 널리 알려졌다. '한단에서 꾼 꿈'이란 의미로 '한단지몽 邯鄲之夢'으로 불리거나, 밥도 다 되지 않을 정도의 짧은 시간

청자 베개(측면) 　다른 세계로 가는 청자 베개의 세계관은 베개 옆에 뚫린
구멍에서 시작된다.

에 꾼 꿈이란 뜻의 '일취지몽一炊之夢', 노란 기장(황량)의 이
름을 딴 '황량지몽黃粱之夢'으로도 불렸다.

　전시실에서 구름과 학, 활짝 핀 모란 무늬가 있는 이 청자
베개를 처음 봤을 때, 다른 세계로 가는 통로인 구멍을 보고
좀 떨렸다. '아, 한단침이구나.' 노생이 빨려 들어갔다는 구
멍을 보기 위해 진열장 옆으로 몸을 옮겨보았다. 고려시대
만들어져 현재까지 전해지는 100여 점의 청자 베개 중 구멍
이 있는 사례는 85퍼센트에 달한다. '한단에서 꾼 꿈'의 이
야기를 익히 알고 좋아했던 애호가라면 이런 베개 하나쯤

은 가지고 있기를 바랐던 것이다. 베개를 베고 자신의 꿈으로 들어가는 상상을 하는 이들이 스스로 꿈을 통제할 수 있다고 믿었는지는 잘 모르겠다. 하지만 세상에 이름을 날리는 영화도, 괴로운 인생도, 한 끼 조밥 익는 시간 정도의 '한 단의 꿈'임을 되새기고 기억했을 것이다. 지금 내게 있는 것, 머무는 것을 가지라고, 손에 잡히지 않는 것과 헛된 욕망으로 현재를 흘려보내지 말자고.

영화 〈인셉션〉(2010)의 주인공 코브는 타인의 꿈에 들어가 감춰진 비밀을 빼낸다. 꿈에서 만나고 싶은 이를 만나고 꿈에서 펼쳐지는 상황을 통제한다. 꿈이 현실처럼 너무 깊숙이 다가올 때는 현실인지를 확인하기 위해 팽이를 돌린다. 팽이는 꿈과 현실을 알아차리는 수단이다. 팽이가 멈추면 현실이고 계속 돌면 꿈이다. 청자 베개는 〈인셉션〉의 팽이처럼 꿈을 매개로 이루지 못한 욕망을 풀어가는 함수의 핵심 물건이다. 하지만 이 기분 그대로 잠들고 싶은 날은 어쩐다? 꿈에서라도 만나고 싶은 이를 만나고 머물고 싶은 공간을 찾아갈 수 있는 순간은? 그런 꿈을 마주해도 팽이를 돌려봐야 할까. 하루의 고단함을 보내고 등을 바닥에 대고 눕는 순간, 오늘도 누군가는 부질없는 방향으로 기우는 마음을 다독이고 자유롭게 노닐 수 있는 꿈의 시간을 기다린다.

전시실에서 한단침을 본다면 잠깐 멈춰보길. 과연 당신이라면 어떤 선택을 할지 미리 생각해두는 건 어떨까.

3부

귀를
기울이면

만 명에게는
만 점의
반가사유상이 있다

오월의 숲

오월이란 숲의 중앙으로 난 길을 따라 걷고 있었다. 도심 가운데에서도 탁 트인 전망이 있고 잔디밭을 밟을 수 있는 용산 가족공원에서 길은 국립중앙박물관 정원으로 이어졌다. 밤새 꽃잎을 접는 '잠자는 연꽃' 수련은 버드나무가 심어진 못에 이미 여름처럼 피었다. 수면에 비친 하늘빛은 바람의 움직임을 따라 흐르고, 정원의 작약은 흐드러지다 못해 하나둘 꽃잎을 떨어뜨리기 시작한 날이었다. 고개를 들어 하늘을 가린 잎사귀의 반짝거림을 보고, 빛이 나무를 통과하며 만들어내는 미묘한 색 사이로 바람이 지나는 소리를 들었다.

뭔가를 같이 봐도 기억이 서로 다를 때가 있다. 각자가 보고 싶은 정보나 남기고 싶은 인상이 다르니 당연한 일이다.

박물관을 설계한 건축가가 어떤 건물을 지을까를 고심하며 숨겨놓은 단서 역시 그렇다. 그중에는 관람객에게 닿은 것도 있지만 알아차리는 이가 드문 단서도 있다. 어쨌거나 공간은 설계자의 의도와 상관없이 이용하는 이의 것이다.

건축가는 서울 한가운데 있는 박물관이 일상으로부터 멀리 떨어진, 성당이나 사찰로 가는 길처럼 위엄 있는 공간이기를 기대했다. 하여 유물을 찾아가는 길이 위계가 분명한 전이 단계를 거치도록 했다. 1910년 고종이 시민공원으로 개방한 이래 서울의 상징이 된 남산과 박물관 건물이 이루는 축, 박물관과 앞에 놓인 거울못이 이루는 축 등 몇 개의 중심축을 설계에 숨겨놓았다. 개관을 준비하며 관람객을 떠올릴 때 이곳을 좋아해줄 거라고 직원들이 기대한 촉도 꼭 맞는 건 아니었다. 과거와 현재, 일상의 공간과 특별한 공간의 엄격한 구분보다는 역사의 길을 걸을 때 천장을 통해 내려오는 빛, 바깥 정원이 보이는 1층의 휴게 공간, 의외로 아늑한 3층 복도의 소파처럼 인기 있는 곳은 따로 있다. 애초의 의도와 상관없이 의외의 장소가 사랑받고 많은 이의 기억에 남는 경우도 있다.

호수를 따라 걷다 박물관이 보일 즈음 남산과 함께 눈에 담기는 풍경도 그렇다. 박물관 뒤로 남산이 보이는 풍경은 언제 보아도 근사하다. 한창 개관을 준비할 때는 이미 어두워진 전시실을 나와 남산타워를 바라보고 있으면 답답한 마음이 한결 나아졌다. 꽃나무들로 산이 빛깔을 달리할 때의 모습을 한참 바라보거나 그날그날 달라지는 야경을 느끼며 서 있었다. 맑은 날에는 북한산까지 한눈에 보이는 조망을 기쁘게 누리며 잘 안 풀리는 일도 이곳 계단에 앉아 털어놓았다. 잠수 탄 인쇄소 사장님을 찾거나 도록 촬영 일정을 잡는 다소 긴 통화를 위해 이곳에 서 있던 적도 있다. 하지만 개관 준비를 하던 2005년에는 이곳이 명소가 될 거라고는 생각도 못 했다. 또 하나 그런 곳이 있는데 2010년에 만든 청자정이다.

청자정은 궁궐 옆 정원에 청자 기와를 올린 정자인 '양이정養怡亭'을 지었다는《고려사高麗史》기록을 따라 조성했다. 신발을 벗고 올라가면 연못을 바로 내려다볼 수 있다. 기둥만 있고 벽이 없는 건축인 정자는 바깥 경치를 공간 안으로 끌어오고, 같은 곳을 보고 있는 이들의 조근조근 대화도 지붕 아래 모인다.

"힘든지 몰랐는데 어느 날 거울에 비친 내 표정을 보고 놀랐어."

이십 대의 학생들은 집에 갇혀 공부만 하니 어려웠다는 얘기를 나눈다. 자신을 돌볼 새 없는 시간을 보낼 때 거울을 보면 낯선 이가 있다. 나 역시 나를 돌아보거나 내 안의 목소리를 들을 새 없이 달리다 보면 그런 기분이 들곤 했다.

"박물관 잘 꾸며놓았네."

손녀를 데리고 온 할머니도 대만족이다.

"36개월만 지나면 그래도 돌보기가 훨씬 더 나아요."

한 할머니가 다른 할머니에게 말을 건넨다. 아이의 엄마와 아빠는 한창 직장에 있겠지? 코로나로 힘든 이들이 박물관의 한때에 고단함을 내려놓는다.

"와, 저기 봐."

"아기다. 태어난 지 얼마 안 되었나 봐."

여기저기서 탄성이 들린다. 엄마 오리 옆의 아기들, 일곱, 여덟, 아니 아홉 마리 정도 될까? 솜털이 보송보송한 아기 오리들이 연못 여기저기를 돌아다닌다. 아기 오리들은 태엽을 감아놓은 오리 인형처럼 바쁘게 움직이며 자신의 속도를 실험 중이다. 다소 부담스러운 크기의 비단잉어들 위로도 거침없이 헤엄치고, 엄마 오리와의 거리가 저만치 멀어져도 겁내지 않는다. 연못가의 한쪽 끝에는 정자로 들어가기 위한 작은 다리가 있고 그 아래는 연꽃 밀집 지역이다. 아기 오리들은 한창 수련이 피어 연잎이 수면을 거의 덮은 곳에 도착하자 갑자기 잎 사이를 뛰어다닌다. 애니메이션 〈벼랑 위의 포뇨〉에서 본 호기심 많은 물고기 소녀처럼, 이 잎에서 저 잎으로, 폴짝폴짝 치마를 들고 달리는 아이 같다.

아기 오리들 옆으로 무심히 지나는 이는 자라다. 튜브 띄어놓고 일광욕을 즐기듯 연못을 떠다니는 중이다. 앞발과 뒷발 모두 편안하게 힘을 빼고 늘어뜨린 채, 가끔 한 발로만 쓱쓱 젓는 모습이 마치 휴양지 광고에서 봤음 직한 자세다. 며칠 다녀봤더니 총 네 마리인 각각을 구별할 수 있었다. 무리 중 제일 큰 수컷은 아마도 아빠 자라? 기둥 위에 가만히 아무것도 안 하고 누워 있는 걸 즐긴다. 다음 크기는 아마도 형? 좀 게을러 보이나 둥둥 떠다니는 놀이는 가끔 한다. 제일 작은 막내 자라는 비단잉어를 따라 여기저기를 다니며 가만있지를 않는다. 그리고 한 마리만 무늬가 다르다. 카키색의 만질만질한 등에 얼굴과 몸에는 붉은 줄무늬가 있다.

호수에 사는 아이들이 궁금해 휴대전화의 검색창을 열었다. '자라'라고 치니 온통 여성복이다. 한참 스크롤을 내려 '자라과에 속하는 파충류'라고 정의된 지식백과를 찾았으나, 읽다 보니 뭔가 싸하다. 첫 번째 카테고리는 '파워푸드 슈퍼푸드'. 이건 아니다 싶어 서둘러 닫는다. 두 번째는 《정조지鼎俎志》. "《본초습유本草拾遺》편에 의하면 자라를 먹을 때는 추를 제거한다"로 시작되는 문장이 나온다.

'아! 오늘 이런 분위기 아닌데……' 드디어 백과사전을 찾

화원 화가
장한종(1768~1815)이
그린 자라

장한종은 소년 시절부터 숭어, 잉어와 같은 민물고기
나 게, 자라 등을 사다가 자세히 관찰해 그리는 것으로
유명했다. 화첩 안에서 만난 5월의 자라 그림이다.

았다. 전 세계에 7속 25종이 있는데 한국에는 한 종만 분포하
고, 알을 낳을 때 빼고는 거의 물 밖으로 나오지 않는단다. 역
시 마무리는 "우리나라에서는 예로부터 맛이 좋으며 보혈 효
과가 있는 동물로 알려져 있다." 음…… 사전은 그만 보기로
한다.

　자라의 형태는 그릇으로도 인기를 누렸다. 뚜껑을 막고
목에 끈을 묶어 매면 요즘의 텀블러처럼 휴대할 수 있어, 삼

분청사기 박지 모란무늬 자라병

목을 움츠린 자라 모양 병으로 흑백의 대비가 멋지다. 목에 끈을 묶어 매면 휴대할 수 있다.

국시대부터 고려시대를 거쳐 조선시대까지 스테디 셀러였다. 박물관 바깥에도 안에도 자라가 있다. 토기나 옹기, 목기로도 만들었지만, 분청사기 자라병은 시원시원한 디자인이 명품이다. 목을 움츠린 자라 모양을 마음이 향하는 대로 자유롭게 풀어냈을 이의 위트가 떠오른다. 바탕 전체에 백토를 바른 후 모란꽃이 그려진 면을 제외한 곳은 삭삭 긁어내 도자기 표면을 만지면 오목하고 볼록한 요철이 느껴진다.

문양을 긁어낸 여백에는 다시 철 성분이 있는 안료를 발랐다. 병 하나를 만드는 데에도 이처럼 진심을 담은 결과 활짝 피어난 모란꽃과 검은 바탕이 대비를 이루는 멋진 병이 만들어졌다.

상설전시관의 3층에는 자라도 오리도 토끼와 원숭이도 산다. 불 꺼진 청자실과 분청사기백자실 어딘가에서 이루어질 이들의 모임을 떠올려본다. 밤의 박물관은 이들의 세계가 될지도. 자라병과 자라의 대결은 어떨지 모르겠다. 박물관의 진짜 팬들에게는 전시실 바깥이 더 인기인 계절이다. 안에서는 보이지 않는 풍경이 있어 나도 가끔은 박물관 밖이 더 좋다. 아무튼 오월의 숲, 더 많이 걸어야겠다.

어디에나 누구에게나
함께하는 명작의 힘

"똑똑~."

문 안쪽의 인기척에 귀 기울이면, 문을 열기 위해 다가오는 발소리가 들린다. 우리가 두드리는 문 안쪽에 누가 있는지는 모른다. 하지만 오래된 문이 삐거덕 열리고 곧 들어오라는 소리가 들리지 않을까? '똑똑이'는 박물관이 진행하는 큐레이션 서비스 '아침 행복이 똑똑'의 애칭이다. 문을 두드리고, 다정한 대답을 기다리는 동안의 두근거림을 담고 있다. 처음에는 박물관 학예연구사가 유물을 선정하고 이에 대해 짧은 글을 작성해 발송하기 시작했다. 점차 큐레이터뿐 아니라 다양한 이들이 쓴 원고를 이미지와 함께 편집해 제공하고 있다.

박물관 소장품에 관한 각자의 추억과 느낌을 모아 발송하는 일은 생각보다 공이 많이 들지만 나름의 재미가 있다. 유물을 전문적으로 연구한 이의 직업적인 글에서는 느낄 수 없는 말랑말랑한 이야기를 모을 수 있다. 일곱 살 어린이부터 생업으로 좋아하는 일을 미뤄놓은 이, 노년층까지 다양한 필자가 오늘의 큐레이터가 된다. 그들이 유물을 주제로 쓴 글 중 일주일에 두 편을 선정해 이메일과 문자, SNS로 배달한다. 서비스를 신청한 분은 매주 월요일과 목요일 아침마다 한 꼭지의 글과 사진을 받아볼 수 있다.

반가사유상半跏思惟像은 여러 필자가 선택한 인기 있는 유물이다. 반가사유상을 고른 첫 번째 주인공은 '박물관 그리기 대회'에 참여한 열세 살 지성이로 제목은 '반가사유상과 나'였다. 왼쪽 무릎 위에 오른 다리를 얹고 손은 오른 뺨에 갖다 댔다. 혼자는 심심해 보여 그 옆에 똑같은 자세의 자신을 그렸단다. 지성이와 반가사유상의 어깨 위에는 한 마리 새가 자리를 잡았다. 고요하고 의젓하게 생각에 잠기자 어느새 아이는 반가사유상의 표정과 똑같아졌다.

'똑똑이'의 주제로 반가사유상을 고른 두 번째 필자는 12년째 박물관대학 강좌를 듣는 은퇴한 CEO 할아버지였다. 첫 손녀가 태어났을 때부터 언젠가 아이가 자라면 함께 올 날을 기대하며 박물관을 찾는다고 했다. 처음 반가사유

지성이가 그린 반가사유상

혼자서는 심심해 보여 따라해 보는 자신을 그렸단다. 가끔은 아무 말 없이 가만히 있어주는 이가 고맙다.

상을 봤을 때의 감동을 손녀와 함께할 수 있기를 바란다고 하셨다. 은은한 빛을 받고 있는 반가사유상 앞에서 비로소 자신을 마주할 수 있었던 기억을 나누고 싶다고 했다. 자신에게 머물던 평화를 아이도 언젠가 이해할 수 있었으면 한다는 할아버지의 글을 읽다가 출근하는 지하철에서 눈물이 핑 돌았다.

두 사람이 떠올린 반가사유상은 국보로 지정된 서로 다른 상이었다. 사실 지성이는 83호, 할아버지는 78호를 쓰셨다 (이제 공식적으로 문화재의 지정 번호를 사용하지 않지만, 두 상을 구분하기 위해 편의상 기록한다). 어쨌거나 두 사람 모두에게 그날은 새가 날아와 머물러도 좋은 날이었을 것이다.

반가사유상은 좋으면서도 어려운 주제다. "반가사유상이란 싯다르타 태자가……", 이런 말도 하지 않고, "동아시아 조각사 연구에 있어서 그 숭고한 아름다움은……", 이런 조형적인 우수성도 말하지 않아야 한다. '나는 누구인가'처럼 답이 무수하게 만들어지는 무한 질문인 셈이다.

어느 반가사유상이 더 좋냐는 질문은 늘 나를 당혹하게 한다. "엄마가 좋아 아빠가 좋아?"라는 질문을 받는 다섯 살 아이의 마음과 비슷하다. 자신의 선택으로 누군가는 실망할지 모른다는 걱정으로 곤혹스러운 그런 느낌이다.

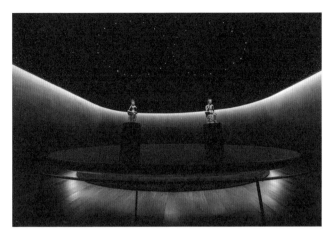

사유의 방　　두 반가상이 함께 하는 공간에서 얼마나 많은 이야기가 이루어질까.

반가사유상에는 역동적인 힘과 고요함, 부드러움과 강함, 변하는 것과 변하지 않는 것이 함께 있다. 그의 생각은 어디에 닿고 있을까를 떠올리며 누군가에게 등불이 되었을 시간을 상상해본다. 해 질 녘 폐사지에서 보는 탑 그림자처럼 마음을 집중할 때 얻는 평온이 찾아온다. 어떤 날은 폭신한 의자에서 일어나 포도알 같은 발가락으로 땅을 딛고 천천히 걸을 것 같다.

반가사유상을 보고 있으면 아이의 발톱을 깎아줄 때 느꼈던 통통한 발가락이 생각난다. 발가락에 집착하는 큐레이터라니…… 좀 이상하다는 주변의 의견도 없지는 않다. 아이의 발가락을 볼 때 자라는 아이의 힘이 참 예쁘면서도 사라질 것임을 알기에 소멸될 것임을 아는 슬픔이 있는 것처럼, 깨닫기 이전의 태자 싯다르타는 미혹함의 상태를 지니고 있었다. 그 완벽하지 않음이 권위를 지닌 절대자의 존재보다 가깝고 친근하다. 우리를 닮았으면서도 어떤 날은 그렇게 평온하고 또 어떤 날은 한없이 쓸쓸하다.

명작에는 채워지지 않은 여백이 있다. 어줍지 않게 함부로 쓸 수 없으면서도, 누구에게든 열려 있고 자신의 느낌을 얼마든지 갖게 할 만큼 여유롭다. 용량이 정해지지 않은 큰 물통처럼 누군가에게든 아직 쓰이지 않은 이야기가 된다. 몇몇이 쓰면 더 할 얘기가 없어지고 고갈되는 주제와 다르다.

많은 이가 반가사유상을 바라보고 글을 쓰고 사진을 찍고 가까이 둔다. 만 명에게는 만 점의 반가사유상이 있다. 한 곳에 있되 여러 마음에 동시에 존재하는 희한한 상, 이렇게 마음속 보물은 하나이기도 하고 동시에 여럿이 되기도 한다.

오랫동안 서로
잊지 말기를

세 한 도

코로나와 일상, 개막과 휴관의 아슬아슬한 불안 속에서도 박물관의 겨울 특별전 준비가 한창이었다. 인생의 가장 춥고 어려운 시기를 담아낸 김정희(1786~1856)의 〈세한도歲寒圖〉와 평안감사의 부임을 축하하는 봄날의 행사를 그린 〈평안감사향연도平安監司饗宴圖〉는 《한겨울 지나 봄 오듯》(2020)이란 제목의 특별전으로 다시 태어났다.

홀로 있는 집과 외로운 나무, 혼자 남겨진 고립의 시간이 메마른 갈필渴筆(붓에 먹물을 스친듯이 묻혀 그리는 기법)로 담긴 전시실을 걸었다. 가장 혹독한 추위 속에 있을 때, 한없이 외로울 때, 누군가 건네 오는 목소리, '장무상망長毋相忘'. 오랫동안 서로 잊지 말자는 뜻이다. 일반 관람일 하루 전에 마련된 언론공개회 날, 어렵던 세한의 시절을 함께 건널 수 있게 해준 벗을 말하던 담당 큐레이터의 목소리가 떨려왔다. 자신이 오랫동안 준비한 전시와 그 작품의 시간에 머물렀던 때의 감정이 올라왔던 것 같다.

전시를 준비하다 보면 인물과 상황, 작품에 푹 빠져서 헤어나기 어려울 때가 있다. 전시를 하기 전으로 돌아오기까지는 시간이 필요하다. 하긴 그 이전의 나로 돌아온다는 게 가능한 일인지는 모르겠지만. 특별전 포스터를 가까운 곳에 붙여놓고 겨울을 지내야지 싶었다. 시선이 닿는 곳에 두고 바라보면, 강가의 버드나무에 새순이 돋고 다시 연초록 잎을 틔우는 봄이 곧 다가올 것 같았다.

기획전시실의 다른 한편에는 〈평안감사향연도〉를 주제

김정희의 세한도   한 폭의 그림으로 남은 춥고 외롭던 시절의 기억. 세상으로부터 멀어졌을 때도 한결같은 마음을 보내준 이상적에게 보낸 그림에는 '오랫동안 서로 잊지 말자'는 의미의 도장, 장무상망이 찍혀 있다.

로 한 전시가 마련되었다. 평양에서 보낸 어느 봄날의 잔치를 그린 그림은 세 폭의 작품으로 구성되었다. 떠들썩한 대동문 앞 저잣거리를 지나면 공연이 한창인 연광정練光停이 보이고, 무대 뒤의 분주함을 지날 때는 악기 소리가 들렸다. 대동강의 아름다운 누각 부벽루浮碧樓를 지나 파노라마처럼 펼쳐지는 화면에는 일상의 시간도 흐르고 있었다.

　평안감사를 주인공으로 하는 주된 행사 장면 이외에도 대동강변에 흐르는 시간이 비중 있게 포착되었다. 관찰사의 부임 축하 무대를 준비하는 무리는 분주했고 오늘 하루를 다르게 보내려고 작정한 이들은 조금이라도 높은 곳으로 올라가 잘 보이는 자리를 맡으려는 중이었다. 평소와는 다른 날의 유난스러운 움직임에 설렘이 담겨 있었다. 하지만 물고기를 잡거나 배를 강둑으로 대거나 밭을 가는 이들은 다른 날과 마찬가지로 해야 할 일을 하고 있었다. 이미 술에 취한 관리와 부축하는 동자, 과음 끝의 다툼을 말리는 이도 일상의 일부였을까. 이 그림을 그린 이는 자신의 그림이 어떻게 보일지, 어느 대목에서 우리의 얼굴에 웃음이 번질지 알고 있었던 것 같다.

시선은 부벽루의 잔치나 대동강에 띄운 배 위에서 펼쳐진 연회를 보느라 오래 머물렀지만, 그날의 잔치를 구경하기 위해 할머니 손을 잡고 나온 아이를 찾아보거나 둔덕 위에서 강을 바라보는 이의 뒷모습을 볼 때면 그림에 흐르는 시간이 더욱 가깝게 다가왔다. 빈자리가 없는 줄 알았던 가슴 한 곳에 어떤 틈이 생겼다. 눈을 맞추고 서 있는 잠깐의 시간으로도 굳어버린 감각이 깨어났다. 그림을 그린 이에게 내 대답을 들려주고 싶었다.

"이 대목이 좋고, 이 부분이 특히 좋아요."

200여 년 전에 그린 세 폭의 그림은 볼거리로 가득했고, 화가가 포착한 구경거리는 흥미진진했다. 나도 모래사장으로 내려가 무리에 끼여 대동강의 야경과 불꽃놀이를 함께 보고 싶을 만큼이었다. 왁자지껄한 장면과 볼거리가 가득한 풍경도 좋았지만, 내 마음이 가장 오래 머문 건 그림 한편의 조용한 공간이었다.

사람들이 오가며 자연스레 만들어진 좁은 길과 언덕을 넘어오는 이들이 보이는 위치였다. 자신들이 수행한 관리나 잔치의 참석자를 시간에 맞게 도착하게 한 이들이 풀이 자라는 곳에 말을 먹이며 편안하게 쉬고 있었다. 잠시겠지만 꼭 해야 할 어떤 것도 남아 있지 않은 조금은 나른한 시간의 느낌, 멀리서 오는 이들을 바라보고 있는 뒷모습이 좋았다. 전시실을 걷다가도 걸음은 그 장면에서 멈췄다.

오세요.
기다릴게요.

전시 개막 소식을 전하며 이 장면을 찍은 사진을 함께 보냈다. 이 그림에서처럼 누군가를 기다리는 사람이 되어도 나쁘지 않을 것 같아서였다. 전시실을 나올 즈음 내게 도착한 메시지를 읽었다.

평안감사향연도   유물의 마음으로 들어가 어느 봄 대동강변의 풍경에 머물렀던 날.

갈게요.

그 그림처럼 계세요.

찾을게요.

우연히 주고받은 메시지로 완성된 짧은 대구였다. 짧은 답신일 뿐인데, 가볍고 부드러운 깃털이 몸에 닿을 때처럼 마음이 따스해졌다. 〈세한도〉에서 보았던 '오랫동안 서로 잊지 말자'는 의미가 담긴 도장 때문이었는지도 모르겠다. 기다려주는 이가 있다는 안도감과 그 따뜻한 힘을 떠올리고, 유물과 그를 바라보는 이의 대화를 상상해봤다. 내가 유물의 마음에 들어간다면, 나를 찾아내고 잊지 않으려고 오래도록 바라봐주는 사람을 어떻게 느낄까?

박물관의 유물은 기억을 되짚어 자신을 찾아줄 이를 기다린다. 모두 떠나고 홀로 남겨지는 것에 무덤덤하기 위해 기억이 돌처럼 굳어졌을 뿐, 그 외로움을 견딘 힘은 기다림일 것이다. 많은 사람 속에서도 나를 찾아 성큼성큼 오는 이를 볼 때의 기쁨이 유물에도 있다. 멀리서도 알아볼 수 있었다며, 한달음에 달려와 가쁜 숨을 내쉬는 모습을 바라보았을 것이다. 유물은 누군가가 다가와 자신의 앞에 섰을 때의 느낌과 오래 나를 바라봐주는 이가 있을 때의 행복을 기억하고 있다.

그래서일까. 자꾸 유물 앞에 서 있는 이들이 있다. 누가 시킨 것도 아닌데, 마음이 복잡할 때도, 달리던 일상에서 짬을 내고 싶을 때도, 무엇을 하고 사는 걸까 허탈해지면 어떤 이들은 박물관으로 온다. 무례한 공기를 참아내며 견디는 대신 이곳으로 온다.

박물관에는 우리와 같은 마음이었던 이들의 '인증'이 보관되어 있다. 삶은 순식간에 지나가겠지만 소중한 기억이 변형되거나 수면 아래로 가라앉는 것이 싫기에, 그림으로 그리고 글로 적어 자신이 실존했음을 남긴다. 일상의 순간을 찍어 머문 시간의 궤적을 기록하는 건 어떻게도 이길 수 없는 시간에 대한 안간힘일지도 모른다. 내가 존재했던 공간의 기억을 남기려는 것이다. 그들이 남긴 기록은 다른 공간에 있는 이의 현재와 연결된다.

좋아 보이는 똑같은 공간에 다녀왔음을 인증하는 일이 시들해졌다면, 오늘은 박물관이다. 낯선 것을 발견하고, 신기하게 느끼는 시선을 회복하며, 나다운 시간을 채워나갈 힘을 얻을 수 있다. 유물이 그랬듯이 다시 혼자가 되더라도 이야기를 들어주는 이의 따스한 마음과 아름다운 것을 함께 본 시간을 오래 담아두었으면 한다.

우리를 키운 것의 흔적 　| 　어망추

　박물관 1층은 현재로부터 가장 먼 시기인, 선사고대의 문화로 시작되는 경우가 많다. 의욕적으로 박물관 문을 열고 들어선 관람객이 접근하기에 쉬운 위치다. 많은 이가 찾는만큼 관람객 밀도가 높다. 지방의 소속 박물관에 근무하던 때, 상설전시실의 선사고대실을 새롭게 개편하는 일이 내가 맡아야 할 업무 분장 리스트에 적혀 있었다. 고고학을 잘 모르는 나로서는 참으로 곤란한 상황이 아닐 수 없었다. 그리 오래지 않아 고고학 전공의 신입이 발령받아 왔기에 망정이지 다시 생각해봐도 난감한 시간이었다.

　자갈돌을 갈아 고기잡이 어망에 매다는 어망추, 낚싯바늘, 작살, 화살촉, 돌이나 뼈로 만든 칼과 골각기, 온통 생존과 관련된 물건과 무기 앞에서 내가 이렇게 상상력이 부족한 사람이었나 자책하곤 했다. 그 당시의 애기를 나누다가 나도 모르게 그때 하나도 재밌지가 않았다고 회상하자, 고고학 전공 동료의 목소리 톤이 높아진다. 한때 진심을 다해 신석기시대를 사랑했던 이다.

"한반도가 그때는 얼마나 따뜻했게요. 지금 논밭인 곳 중에 바다였던 곳이 많았어요. 해안에 살던 이들을 상상해보세요. 창녕 비봉리 유적을 발굴할 때는 고기잡이에 썼던 나무 배가 실제 나왔어요. 우리나라에서 가장 오래된 8000년 전의 배예요.

선사시대 패총에서는 별의별 것이 다 나와요. 도구, 음식…… 이들의 일상을 추측할 수 있는 단서가 있어요. 참돔, 혹돔, 농어, 삼치, 다랑어, 숭어, 방어 같은 각종 물고기나 조개, 고동, 꼬막, 백합, 소라처럼 지금 우리가 먹는 것 다 먹었다고요. 멧돼지, 사슴, 물개, 바다표범과 같은 포유류도 잡고, 아, 심지어 복어도요."

"그래 복어도 먹었어? 독은 어떻게 제거했지?('설마 복어 독으로 돌아가셨나?')"

내 혼잣말이 들렸나? 한창 신나서 말하다 김샜다는 따가운 눈총이 돌아온다. 패총이란 이름 그대로는 조개 무덤이지만, 과거 사람들이 채취하여 먹고 버린 어패류, 동식물, 각종 생활 쓰레기가 무덤처럼 쌓여 만들어진 유적이다. 빙하

어패류가 담긴 토기 신선한 생선과 조개가 담겼을 그릇을 보며 우리를 키운
것들을 떠올려본다.

기가 끝나 지구가 따뜻해지고 해수면이 상승하자 인류는 식
량이 풍부한 해안에 정착해 바다라는 새로운 삶의 공간을
받아들였다. 남해안, 동해안, 서해안에서 조사된 패총만 해
도 현재까지 320여 개 소가 넘는다.

  이번에는 신석기 덕후의 고래 얘기다. 반구대 암각화에
는 배를 타고 바다로 나가 떼를 지어 다니는 고래를 사냥하
는 장면이 그려져 있다. 패총에서도 고래뼈와 작살이 나오
지만 그 거대한 고래를 정말 잡았을까 싶은 마음도 있었다.
이 논란을 끝낼 수 있는 증거가 발견됐으니, 바로 작살을 맞
은 고래의 뼈였다. 기원전 4000년 무렵 울산 황성동 패총유

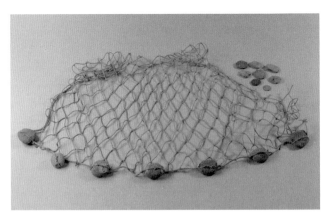

어망추   그물 끝에 매달아 그물을 물 속에 가라앉힐 때 쓴다. 신석기 시대나
오늘날 그 형태가 크게 다르지 않다.

적은 신석기인이 작살로 고래를 잡았음을 입증했단다. 사진
을 보여주는데 신기하긴 하다. 전공자의 얘기를 들으니 진열
장 벽에 매달린 어망추가 그물로 변한다. 배의 노를 젓고 파
도를 건너 고래를 몰아가는 소리가 전시실에 들려온다. 자연
이라는 거칠고 위험한 환경에서 구할 수 있는 재료로 일상을
지켜나갔을 사람들을 생각하니 전보다 가까워진 느낌이다.

　복어와 고래 얘기 전에 우리는 한창 회의 중이었다. 지지
부진한 상태로 그냥 두어선 안 되니, 대책을 마련하자며 힘
주어 말하고 있었다. 안 한다고 큰일이 나는 것도 아닌데 뭔
가 절실한 기분이 들면서 어느새 열심히 달리고 있었다. 물

론 모두가 같은 마음은 아니다. 회의가 길어지자 내 오른쪽의 모씨는 수첩 위에 선을 긋는다. 사선으로, 다시 수평으로, 흡사 제도 중인 건축사 같은 진지한 표정이다. 몸은 이곳에 있지만 정신은 다른 행성을 떠다니고 있다. 건너편에는 고래만 잘 아는 게 아닌 모씨가 별을 그리고 있다. 동심원도 나오고 도형도 나오지만, 아무래도 별이 최고인 것 같다. 회의가 끝날 줄 모르는 월요일 대회의실에서 저 먼 우주 공간으로 여행하는 방법이 각자에게 하나씩은 있다. 별을 그리다 말고 동료가 질문을 던진다.

"왜 그렇게 열심히 해?"

가끔 박물관의 숨은 도인이 던지는 말 한마디에 누가 다리라도 건 듯 그 자리에서 비틀거리곤 한다. 자신의 정체를 숨기고 기의 흐름도 우주의 목소리도 들리는 도인처럼 말하는 이들을 만날 때면 조심해야 한다.

"음…… 글쎄…….."

모든 것은 헛되다거나 세상을 안다는 듯이 말하는 이의 사고에 휘말리지 않으려면, 현실적인 답변은 피한다. 특별한 이유 없이도 누군가는 최선을 다해 현재에 머물 뿐이라고 백기를 드는 편이 낫다.

"잘 끝나면 기분이 좋아."

뾰족한 답이 있으리라곤 상대도 기대 안 했지만, 이렇게

까지 별다른 이유가 없는 대답이 돌아오다니, '쯧쯧' 하는 눈치다. 특별한 목적도 전략도 없다. 그냥 잘 끝나면 좋고, 잘못 끝나면 기분이 안 좋다. 그깟 기분 좋자고 이렇게 혹사시켜도 되는 거냐? 그래. 일리가 있는 지적이다. 그렇긴 하다. 별거 없을 줄 알면서도 힘껏 뛰어야 할 때가 있으니, 그래서 뛰고 있는 거지.

걷는 대신 뛰는 이유는 여러 가지다. 일단 나른한 상태에 머물게 되면, 그 아늑함이 어찌나 좋은지 알기에 꺾인 의지가 돌아오지 않을까봐, 나 자신을 제어하지 못할까봐, 우선 뛰고 보는 A씨. 내가 어떤 사람인지 알지 못하고 남의 인생을 살까 두려워 시간을 쪼개어 탐색 중인 B씨. 어느 날은 A이자 또 언제든 진심을 다하는 B이기도 한 우리는 결론을 내리기로 한다. 가장 큰 고민거리라고 여기는 건 스르륵 지나가 묻혀버리고 남는 것은 조개껍데기와 고래 뼈, 우리를 키운 것의 흔적일 뿐이라고.

해가 길어지고 밤이 짧아진 계절은 그런대로, 해가 짧아지고 밤이 길어지는 때가 오면, 또 그런대로, 지구가 도는 대로, 억지로 눈에 힘주고, 일이 뜻대로 끝나지 않아 기분이 좋지 않다는 마음도 놓아주려고 한다. 동지가 지나고 달은 차오르기 시작했다. 해는 1분씩 빨리 뜨고, 낮은 1분씩 길어지기 시작했단다. 신비로운 일이다.

이토록 푸른 유리잔 | 천마총 유리잔

소강당에서는 각 부서별로 준비 중인 특별전의 기획을 내부 직원에게 설명하는 전시 프리뷰가 한창이었다. 사람마다 본인도 모르는 말투가 있지만, 곧 다가올 특별전의 담당자 L은 말끝마다 재미있단다. '재미있는 점은' 하며 말문을 열거나, '~가 참 재미있다'는 문장을 자주 쓴다. 몇몇의 얼굴이 불편해진다. 애당초 재미란 게 자신이 느끼는 기분이나 감정인데 뭐가 문제될까 싶은 건가?

"그게 왜 재미있는데?"

쉽게 넘어가지 않는 동료들의 압박 질문이 이어진다. 어디 한번 설득해보라는 말투다. 냉정하게 말하면 박물관 전시는 기획자의 재미를 위해 만들어지는 것이 아니기에, 담당자의 눈빛이 호기심과 기대로 반짝인다고 해서 무죄는 아니다. 누군가 재미있는 걸 찾았다고 할 때 괜히 마음이 동하던 단계는 진작에 지났다. 눈에 잘 보이지도 않는 0.3밀리미터의 조각으로 발굴된 유리편 480여 개를 6년에 걸쳐 복원하는 일? 실상 그게 뭐 재미있는가 싶은 일의 재미 지점을 설득해야 한다. 물론 듣는 이 역시 팔짱 낀 채로 어디 한번 나를 설득하려면 해보라는 뻐딱한 자세여서는 안 된다. 쉽게 포기하지 않는 이들의 고민은 오늘도 계속된다. 대체로 한때 모험 영화를 꽤나 좋아했던 이들이다.

'고고학자'라는 직업에 대한 환상을 담은 영화 중 최고의 흥행작은 '인디아나 존즈' 시리즈다. 〈레이더스〉(1981), 〈인디아나 존즈: 마궁의 사원〉(1984), 〈인디아나 존즈: 최후의 성전〉(1989) 등 연작은 조지 루카스 각본, 스티븐 스필버그 연출, 해리슨 포드 주연으로 1980년대 미국 액션 영화의 기록을 세웠다. 갈색 중절모를 쓰고 채찍을 든 고고학자 해리슨 포드는 숨겨진 보물을 찾아 나서는 모험과 액션의 아이콘이었다. 낯선 세계로의 모험과 액션이라는 장르가 고고학, 발굴, 보물이라는 키워드를 감싸고 있는 덕에 큰 인기를 얻었다.

영화를 본 많은 이가 고고학자라는 직업을 동경했고, 누군가는 그 꿈을 좇아 고고학도가 되었다. 몇몇은 비록 외모는 변했지만 초롱초롱한 기억은 간직한 채 내 옆자리에서 일한다. 연구를 잘한다고 해서 발굴을 잘하는 것은 아니고, 발

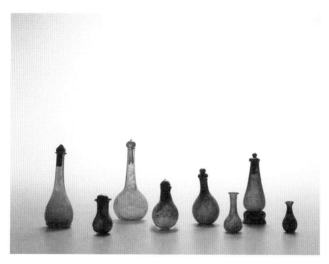

유리 사리기   불교에서도 유리는 귀한 보석으로 인식되었다. 사리를 담아 탑
에 모시기에 적합한 투명한 빛을 발했다.

굴을 잘한다고 해서 액션 영화에서처럼 몸을 잘 쓰냐면 전혀
상관없다. 지극히 당연한 얘기다. 하지만 박물관에 가면 해
리슨 포드 같은 고고학자가 있는 줄 알았던 나도 이상과 현
실의 거리를 받아들여야 하는 숙제가 있기는 마찬가지다.

　국립경주박물관의 《오색영롱, 한국 고대 유리와 신라》
(2020) 특별전을 보기 위해 새벽 기차를 탔다. 전시 소식을
듣고 바로 계획을 잡지 않으면 이내 전시가 끝나곤 한다. 지
금으로부터 50년 전인 1973년에서 1974년, 작은 언덕을 닮

은 경주의 고분에서 발굴이 시작되었다. 말을 탈 때 진흙이 튀지 않도록 안장 아래에 두는 장니障泥에 천마도가 그려져 있어 천마총天馬塚이라고 불리는 대형 고분이나 북쪽과 남쪽에 두 사람의 고분을 연이어 마련한 황남대총皇南大塚과 같은 신라의 왕릉급 고분에서는 스무 점이 넘는 유리 그릇이 나왔다.

유리는 이집트, 시리아−팔레스타인 지역, 캅카스 산맥 이남 지역, 중앙아시아 등 다양한 곳에서 만들어졌다. 유리의 색을 내기 위해 '라피스 라줄리'라고 불리는 청금석, 터키석, 옥 등 천연 보석을 활용한 다양한 시도가 이루어졌다. 전시를 준비한 경주박물관의 동료는 "이건 이집트에서 온 유리이고, 또 저건 중앙아시아에서 온 유리"라고 한다. 모래나 석영을 녹이려면 섭씨 1700도가 넘는 온도가 되어야 한다. 녹는 온도인 용융점을 낮추기 위해 배합된 원료의 성분을 분석해 유리잔이 어디서 만들어졌는지를 알아낼 수 있다고 했다.

유리잔은 말과 당나귀가 끄는 마차의 바퀴 소리를 따라 낙타의 행렬에 실려 모래바람을 헤치고 사막을 지나왔겠구나. 이국적인 복식의 외국인들, 순례자와 상인, 사신과 정부의 사절단처럼 다양한 국적과 직업을 지닌 이들과 함께 있었을지도 모르겠다. 오랜 시간 항해하는 큰 배, 한없이 넓고 큰 바다와 출렁이는 파도의 울렁임을 기억하고 있을 것이다.

천마총 유리잔   1500여 년 전의 눈에 이 푸른빛은 얼마나 매혹적이었을까.

빛나는 유리를 바라보며 어떤 잔이 가장 맘에 드는지를 묻다가 내친김에 자신이 고른 잔에 무엇을 담을까로 얘기가 옮겨갔다. 고고학자의 꿈을 꾸는 대신 자몽주스를 만드는 이가 새로 담근 자몽청을 가져왔기 때문이다. 열 받는 일이 있을 때면 자몽을 깐다는 그는 자몽 한 상자를 이제 한 시간 반 만에 돌파한다고 했다. 속껍질을 박박 벗기고 있자면, 세상에 자몽과 나만 존재하는 느낌이라나? 그는 황남대총에서 나온 유리잔을 골랐고, 나는 천마총에서 나온 코발트빛의 푸른 잔을 골랐다.

입이 닿는 곳 아래로는 세로줄 무늬, 그 아래로는 벌집 모양의 무늬가 있는 유리잔을 보며 한 번도 가본 적 없는 이집트로의 여행을 떠올린다. 연구실 한쪽에서 탄산수에 자몽청을 넣고 얼음을 동동 띄운 다음 직접 길렀다는 애플민트를 한 잎씩 얹어 마신다. 수십만 킬로미터를 건너왔을 유리잔이 기나긴 시간의 여행을 기억하고 있는지는 알 수 없다. 어쨌거나 오늘은 파도가 닿을 때의 출렁임 대신 우리의 상상으로 자몽주스를 담는다. 박물관에 해리슨 포드 같은 고고학자는 없지만 상관없다. 잡념을 없애주는 한 모금의 상큼함이 더 좋다.

두 남자의 수다

기 마 인 물 형   토 기

"술을 담으면 얼마나 들어가요?"

"240시시 정도라고 보시면 돼요."

보존과학자 P와 고고학자 Y는 경주 금령총金鈴塚에서 출토된 기마인물형 토기 이야기 중이었다. 저녁 자리에서 시작된 대화는 식당을 나와 길에서도 이어졌다.

1924년 우메하라 스에지梅原末治가 발굴한 금령총은 금제 방울이 출토되었다고 하여 붙여진 이름이다. 세 개의 세움 장식과 사슴 뿔 장식이 있는 금관을 비롯해 금제 허리띠, 팔찌 등의 장신구, 각종 마구와 무기류, 등잔과 배 모양 토기 등 다양한 형태의 토기가 출토되었다. 금관총金冠塚에 이어 금관이 두 번째로 발견된 무덤이기도 한데, 금관의 지름이 15센티미터 정도이고, 그 밖의 장신구도 소형이란 점이 특

두 남자의 수다   179

경주 금령총에서 발굴된
기마인물형 토기

갑옷을 입고 각종 마구로 장식된 말 위에 앉아 먼
길을 떠나는 모습이다. 주인상과 하인상이 한 쌍으
로 출토되었다.

이했다.

금령총에서 출토된 가장 유명한 유물은 말 탄 인물을 표
현한 기마인물형 토기다. 일제강점기에 촬영된 유리건판을
보면 1400년 만에 세상에 모습을 드러낸 두 개의 토기가 나
란히 묻혀 있었음을 알 수 있다.

크기와 차림새가 다르기에 연구자들은 두 개의 상을 각각
주인과 하인상으로 본다. 갑옷을 입고 머리에 모자를 쓴 주
인은 각종 마구로 장식된 말을 타고 있다. 진흙이 튀지 않도

록 하는 장니와 말 위에 얹은 안장까지 표현했다. 달려도 모자가 벗겨지지 않게 턱 아래 꼭 묶어둔 끈이 재밌다. 손으로는 고삐를 꼭 잡고 발걸이에 신발을 건 다부진 자세, 먼 길을 떠나기에 적당한 여행의 복장이다. 어디를 가려고 이렇게 채비를 했을까. 주인상에 비해 크기가 작은 하인상은 모자 없이 상투를 묶은 머리에 손에는 방울을 들었다. 복식과 말 꾸밈도 단순하다.

이런 특수한 형태의 토기는 세상을 떠난 이의 무덤에 묻는 일종의 명기明器이지만, 그 자체로도 액체를 넣고 따를 수 있는 형태로 만들어졌다. 말 등에 있는 깔때기 같은 구멍에 액체를 넣으면 말 가슴의 대롱으로 따를 수 있다. 요즘으로 치면 일종의 주전자라고 할 수 있다. 또 다른 연구자는 신라 왕실의 주전자라기보다는 기름을 넣어 불을 밝히는 등잔으로 봐야 한다는 의견을 제안하기도 했다. Y는 함께 나온 금관과 허리띠도 작은 걸 보면 토기 주인은 신라 왕실의 어린 왕자일지도 모른다고 생각했다.

저녁부터 시작된 비는 그쳤지만 택시 호출 앱이 소용없자 그들은 도로로 다가갔다. 달리는 차의 헤드라이트 불빛을 바라보며 손을 흔든 지 꽤 되었지만 빈 차는 없었다. 택시를 부르면서도 이야기는 이어졌다.

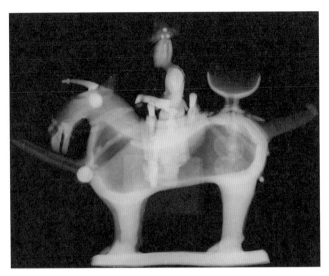

기마인물형 토기의
X-레이 사진

보존과학자들은 장비를 이용해 내부가 비어있는 상태
나 어떻게 만들어졌는지, 약한 곳은 없는지를 찾아낼
수 있다.

P는 일상의 대부분을 현미경으로 보이는 세계에서 청동
녹과 대화하며 보낸다. 차가 잡히지 않자 휴대전화에 저장
된 토기의 X-레이 사진을 열었다.

"다리를 붙이려면 비어 있는 몸통에 힘을 줬을 텐데, 이상
하네. 어떻게 만들었을까?"

이제는 잡히지 않는 택시 따위는 안중에도 없다. P와 Y는
분석 중인 유물 얘기에 다시 몰두하기 시작했다.

고고학도의 시간이 1만 년 단위로 흐른다면, 보존과학자는 마이크로와 나노세컨드의 보폭으로 사고한다. 사무실에 새 장비가 들어왔을 때 우선 전원을 켠 후 무작정 눌러보는 우리를 바라보면서 그가 짓는 특유의 표정이 있다.

  사실 이들 옆에 있으면 좀 피곤하긴 하다. 청동녹과 대화하는 언어로, 미시의 세계에서 사용하는 언어로 말할 때면 답답하다. 했던 얘기를 또 하면서도 마치 처음 꺼내는 듯 시침 떼고 말할 때는 얄밉기도 하다. 하지만 깨어나 활동하는 시간의 대부분을 유물과 대면하며 보내는 사람, 사랑에 빠진 사람들처럼 바보같이 그 일밖에 모르는 이들을 미워할 수가 없다. 서로 다른 이들이 모여 티격태격하기도 하고 좌충우돌하기도 하지만 그럼에도 하나의 결과를 만들어내는 재미가 있다. 작품을 연구하고 조사하여 전시에 적절한 유물인지를 밝혀내고, 전시를 통해 관람객들과 만나게 하기까지 박물관의 여러 직업군이 협업한다.

  화성인과 금성인처럼 다른 별에서 온 이들이 펼치는 수다 삼매경은 신비롭다. 자신의 전시와 연구 주제에 빠진 두 남자의 눈에서는 하트가 나온다. 두 사람 모두 빛, 색, 형태, 혹은 조형 너머의 것을 좋아한다는 점은 같다. 완벽한 기록보다 희미한 글자를 찾아내 그 시간을 상상하는 것에 들뜨고, 고민하던 조각이 맞춰질 때의 짜릿함과 새로운 발견을 좋아한다. 사랑은 잘 몰라도 사랑 그다음에 남는 것에 빠져들고,

숲으로 사라지는 이의 뒷모습 같은 것을 아름답다고 느낀다.

유물은 한때 왕성하게 활동했던 이의 애장품이다. 지금은 그 시간으로부터 은퇴했지만 풀어야 할 암호를 지니고 있다. 노련한 P와 Y는 유물의 기억을 풀어내 누군가에게 들려줄 또 다른 스토리를 만들 것이다.

금령총 주인에게는 말이 도착했지만, 오늘 밤 이들을 태울 택시는 기약이 없다.

우리가 지나온 길

주중에는 지방에서 근무하고 주말이면 가족이 있는 서울 집으로 오가는 생활을 하던 겨울, 한파주의보는 하루하루 기록을 경신했다. 매주 타고 다니는 고속버스는 승객의 숙면을 위해 차내의 모든 불을 끄고 난방을 최대로 올린 서비스로 응답했다. 창밖이 어둑해질 무렵이면 어디선가 하나둘 저음의 읊조림이 들려오다 순식간에 오케스트라가 되어 교향악을 만드는 마법 버스. 차 안은 여러 리듬을 구사하는 각양각색의 코 고는 소리로 그야말로 달리는 여인숙이 되었다.

처음에는 오로지 고통스러울 뿐이었지만 내게도 점차 요령이 생겼다. 목요일 밤에는 야근으로 몸을 피곤한 상태로 만든 후, 금요일 숙면의 물결에 동참했다. 서울행 버스는 금요일 밤 11시 부근이면 강남고속버스터미널에 도착했다. 잠

우리가 지나온 길　　185

에서 덜 깬 노곤한 몸으로 시내버스 정류장을 향해 걸으면 날카로운 바람이 닿는 뺨과 턱이 에일 듯이 아팠다.

12월 말 지금은 세계문화부로 부르는 국립중앙박물관 아시아부로 발령받으면서 숙면 버스는 더 이상 타지 않아도 되었다. 어떤 부서로 발령받고, 어떤 전시실을 맡느냐에 따라 큐레이터의 시간 여행은 큰 변화를 맞이한다. 새로 맡게 된 업무 중에는 중앙아시아 출토 유물의 조사 연구와 중앙아시아실의 운영이 있었다. 박물관에는 일본 니시혼간지西本願寺 주지였던 오타니 고즈이大谷光瑞(1876~1948)가 20세기 초 쿠차, 베제클릭, 투루판 등 중앙아시아에서 수집한 유물이 있다. 서양 제국의 탐험 열풍에 후발대로 참여했던 오타니의 컬렉션은 조선총독부박물관에 기증되었다가 광복 후 박물관 소장품이 되었다. 전라도 억양이 가득한 도시에 머물다가 황량한 사막을 지나 여러 민족의 언어가 들려오는 오아시스 도시의 시장 한복판으로 던져진 기분이었다. 새로운 일을 익히는 데는 시간이 필요했다.

내 출근 첫날의 임무는 중앙아시아실 도입부 공사였다. 그해 가을《동양을 수집하다》(2014) 특별전을 오픈한 전임자에게서 전시실 도입부 공사를 인계받았다. 크리스마스와 이어지는 주말은 전시실에서 보내야 했지만 상관없었다. 숙

사마르칸트
아프라시아브 궁전
유적 벽화 모사도(부분)

고대 교역로였던 황금 도시 사마르칸트의 궁전 유
적 벽화에 그려진 고대 한국인. 깃털이 달린 모자를
쓰고 있다.

면 버스 대신 지하철을 타고 집에 갈 수 있다는 사실에 더없
이 기쁜 휴일 출근이었다.

　우즈베키스탄의 고대 왕국이었던 사마르칸트는 황금 도
시라고 불리던 고대 교역과 문화의 중심지다. 사마르칸트의
옛 도성지 아프라시아브 궁전 유적 벽화의 모사도를 중앙아
시아실 도입부에 설치했다. 여러 나라로부터 온 외교 사절
단을 그린 벽화에는 새 깃털이 달린 모자를 쓴 고대 한국인
이 있었다. 학계에서는 활발했던 동서 교섭로에 남은 한국
인의 존재를 반기며 '조우관鳥羽冠을 쓴 한국인'으로 불렀지

만, 나는 그를 '깃털남'으로 불렀다. 우리는 발령받은 해가 같은 아시아부 입사 동기라고 생각했다. 교체 전시가 필요한 벽화를 주기별로 바꿔 전시하고, 중앙아시아 유물을 조사하며, 보고서 발간을 준비했다. 중앙아시아실을 부지런히 오가는 나를 그도 입사 동기라고 생각했는지, 조금씩 익숙해지는 모습을 지켜봤는지는 모르겠다.

아시아 대륙 중앙부의 광대한 지역을 포괄하는 중앙아시아전시실은 박물관 상설전시관의 3층에 있다. 깃털남이 서 있는 곳을 따라 들어오면 다양한 언어를 말하고 서로 다른 신을 섬겼던 사람들과 실크로드에서 만나는 물건들의 공간이다. 실크로드는 독일의 지리학자 페르디난트 폰 리히토호펜Ferdinand von Richthofen(1833~1905)이 중국의 비단이 중앙아시아 지역으로 전해지고 서쪽 문물이 중국에 유입된 과정을 설명하면서 사용한 개념이다.

이 길 위로 여러 문명과 사람이 오가고 다양한 교류의 장이 열렸다. 멀리는 지중해 지역부터 인도, 서아시아, 중국 문화가 길을 따라 만나고 헤어졌다. 낙타의 등에는 비단뿐만 아니라 향신료, 후추를 비롯한 여러 물품과 교역품이 실렸고, 불교, 마니교, 조로아스터교와 같은 다양한 종교의 수행자가 이 길을 오갔다. 이 지역의 이점을 차지하고자 하는 이가 많았기에 중앙아시아 유물에는 다양한 언어를 쓰는 이들이 머무르고 사라져간 흔적이 남아 있다.

중앙아시아실에서 내가 가장 좋아하는 공간은 창조의 신, 복희伏羲와 여와女媧가 있는 곳이다. 복희와 여와는 중국의 고대 신화에서 전설적 제왕의 하나로, 사람의 머리에 뱀의 몸을 지니고 있다. 중국 신장新疆 지역 투루판 분지에 있는 아스타나 고분군에서 출토되었다. 〈복희와 여와〉는 2미터에 달하는 거친 삼베 바탕에 붉은색, 백색, 먹색의 단순한 색조로 그렸다. 두 인물의 머리 위에는 햇살을 비추는 태양이 빛나고, 태양의 반대쪽을 나타낸 그림 하단에는 달이 떠 있다.

남신 복희와 여신 여와는 하나의 존재처럼 어깨를 나란히 하고 서로 마주 보며 서 있다. 복희는 굽은 자曲子와 먹물 통을, 여와는 원을 그릴 때 쓰는 컴퍼스를 들었다. 손에 든 도구는 이들이 우주를 창조한 존재임을 상징한다. 굽은 자로는 땅을 만들고, 컴퍼스로는 하늘을 만들었다니, 세상이 복잡하고 어렵게만 느껴질 때는 공식처럼 단순하고 명쾌한 설명에 끌리곤 했다.

아스타나 고분군은 한족이 중앙아시아를 지배하고 세운 고창국高昌國의 무덤이다. 1959년부터 400기가 넘는 무덤이 발굴되었다. 〈복희와 여와〉는 중국의 전통적인 우주관을 담았지만, 한 하늘에 함께 존재하는 해와 달의 표현, 인물의 얼굴과 손등에 입체감을 나타내는 음영법과 굵은 윤곽선은 중앙아시아 키질 석굴사원 등에서 익숙하게 보던 현지인의 솜씨다. 가장자리에는 그림을 무덤의 천장에 고정하기 위해 뚫은 작은 구멍이 있다. 묘실의 천장에 이 그림을 부착한 이는 먼 길을 떠날 가족, 사랑하는 이에게 새로운 우주가 안내되기를, 내세에도 행복을 누리기를 기원했다.

1300년 전의 그림은 타클라마칸 사막에서 실크로드를 따라 우리에게 이르기까지 긴 여행을 했다. 분류하고 해석하는 눈에서 처음 이 그림이 만들어졌을 때 바라보았을 눈으로 돌아올 시간이다. 바라보고 있으면 만물을 창조하고 기르는 대자연의 이치와 이에 따라 살아온 이들의 모습이 보였다. 만물의 창조를 담당하는 두 신은 하나이기도 하고 둘이기도 하다. 몸은 둘이지만 하반신은 뱀의 형상처럼 서로 얽혀 있다. 이들이 함께일 때는 해와 달도 함께 뜨고 별은 온 우주를 비추었다. 우주가 이 하나의 그림 안에 있고 그와 그녀가 함께 있어 모든 것이 제자리에 있는 느낌, 박물관에서 이처럼 낭만적인 그림이 있을까.

시간을 따라 있어야 할 곳으로 흘러가다 보면 내가 누군가로부터, 혹은 어떤 장소로부터 떠나 온 걸까, 도망쳐 온 걸까 잘 기억나지 않는 때가 있다. 머물러 있을 수 없는 일이 있다. 흘러갈 수밖에 없었음을 알게 되면, 과거의 시간에서 얼마나

복희와 여와　　중국 신장 지역 투루판의 아스타나 무덤 천장에 걸렸던 그림으로, 손에 자를 든 이는 창조의 신 복희, 컴퍼스를 든 이는 여와다.

멀리 왔는가를 담담하게 떠올리게 된다. 〈복희와 여와〉 앞에서 우리가 지나온 것에 대해 생각했다. 전시실 개편에도 살아남은 깃털남에게 인사하고 "또 한 해가 가네요. 그때보다 우리는 좀 더 강해졌을까요?" 혼잣말을 하며 전시실을 지나 천천히 계단을 내려왔다.

백 걸음 밖에서
과녁 맞히기

갑발

사는 게 그리 호락호락할 줄 아냐는 어른들의 목소리를 모르는 바는 아니었다. 이십 대 후반이 되어서도 세상에 떠다니는 기분으로 어디에도 정착 못 하고 기웃거렸다. 어디라도 빨리 취업을 하는 것이 절실했지만, 그 이상으로 내게 중요한 일이 어딘가 있으리라 믿었다. 이후 하고 싶은 일이 무엇인지 안 다음부터 한눈팔 새가 없었다. 하여 대학원에 입학한 이후의 3년은 더 그랬던 것 같다고 알고 있었는데, 아니었던 것 같다. 사람은 쉽게 바뀌지 않으니 '열심히 살았던 시절'로 스스로에게 기억을 주입했던 건지도 모르겠다.

나는 여전히 중심보다는 주변에서 일어나는 일들이 궁금했고, 배우고 익혀야 할 내용보다 배움이 일어나는 공간과 그곳에 모인 사람들이 만들어내는 사소함을 구경하느라 바빴다.

종로 낙원상가에서 한문 강좌를 듣던 때, 수강생의 평균 연령은 칠십 대였다. 나는 문장을 읽어가는 특유의 음률과 리듬을 타듯 상체를 움직이는 어르신들의 몸짓에 눈이 가는 산만한 학생 중 하나였다. 시간을 넘어 오래오래 넘겨 본 흔적이 역력한, 이제는 누렇게 변한 《맹자孟子》 책. 젊을 때는 다 다른 일을 했던 이들이 이제는 그저 할아버지가 된 걸까. 인생의 단계는 각자 다름에도 하나의 그룹으로 불리는 이런 기분을 받아들여야 할 때가 오겠지. 호기심은 공부보다는 늘 다른 곳에 가 있었다.

은빛 머리의 노학생들과 함께 했던 시간이 특별했다는 것을 지금에서야 느낀다. 수업이 끝나고 강의실을 내려오면 벽에 가득 악기가 걸린 악기점을 지났다. 잔뜩 윤을 낸 악기에서 반사되는 빛이 눈에 닿아 나도 모르게 바라보곤 했다. 간혹 있는 손님과 이야기를 나누는 사장님의 목소리와 악기를 고르는 이의 튜닝 소리가 좋았다. 《맹자》를 따라 읽는 강의실을 나서면 들리는 전자 기타나 베이스의 울림은 심장 가까이에 닿았다. 좀 전의 시간과는 판이하게 다른 세상이 재미있어서, 계단으로 바로 내려가는 빠른 길 대신 일부러 악기점 사이를 돌아가곤 했다.

악기점을 지나면 전통 시장과 국밥집이 있는 분주한 거리가 나타났다. 오래된 좁은 길로 오가는 차들, 물건을 기다리는 오토바이들, 평일 대낮에 낙원상가를 다니는 무리에 나역시 바쁠 것 없는 행인이었다. 시간을 거슬러 온 듯한 상점과 가판의 물건들, 이곳저곳이 깨진 보도블록 길을 따라 파는 이와 사는 이의 흥정을 구경하는 재미가 있었다. 당연한 일이지만, 좀처럼 한문 실력은 늘지 않았다. 그럼에도 오래된 문장의 아름다움이 뭔지는 어렴풋이 알 것 같았다.

그때로부터 정말 오랜 시간이 지났지만, 높거나 낮고 빠르기도 하고 느리기도 한 그 공간의 소리와 빛이 기억날 때가 있다. 때로는 어떤 문구가 떠오르기도 했는데, 어느 월요일 아침 박물관에서 있었던 정년 퇴임식이 그런 날이었다. 은퇴하는 분을 위해 고별사를 읽어나가던 방호防護 선생님이 울컥하셨다. 떠나고 보내는 자리는 매년 반복되었지만, 30여 년을 한곳에서 일한 선배를 보내는 아쉬움이 대회의실의 딱딱한 공기를 순식간에 바꿨다. 먹먹해진 목소리에 나도 콧등이 시큰해졌다.

백 걸음 밖에서 화살을 쏴 과녁까지 이르게 할 순 있어도, 적중하게 하는 것은 힘만으로 되지 않는다.

《맹자》의 문구가 생각났다. 국립중앙박물관은 41만 점의

갑발　가마에서 도자기를 구울 때 예기치 못한 먼지나 티끌이 앉지 못하게 씌우는 도구. 갑발이 없으면 좋은 그릇을 얻을 수 없다.

유물과 관람객, 이용자를 위해 존재하지만, 동시에 550여 명이 넘는 다양한 직렬의 일터다. 방범, 설비, 방재, 통신, 미화를 담당하는 이들은 자신을 드러내진 않지만 작은 변화도 먼저 알아차린다. 방제실에서는 21개의 수장고, 42개의 전시실뿐 아니라 가장 먼저 출근하고 늦게까지 불이 꺼지지 않는 곳을 지켜본다. 새벽 비행기로 나가거나 국외 전시를 마치고 심야에 돌아온 유물도 담담히 맞아주는 이들이다. 전시가 개막하면 온·습도와 방범을 체크하고 교체된 전시품과 동선을 점검하는 조용한 움직임이 있다. 신규 학예연구사를 난처하게 하는 민원인을 은근히 방어하고, 호수 옆하수구 창살 아래로 떨어진 아기 오리를 구조하고, 철 따라 다르게 피는 정원을 관리하는 세심함이 박물관의 현재를 지탱해왔다.

박물관 사람들은 서로에게 다소 무뚝뚝할 때가 있다. 유물을 만지는 사람들의 신경은 한곳을 향하기에 움직임도 차분하게, 서로에게도 웃음기 없이 대하곤 한다. 상대에게 대화를 걸지 않는 것은 정적이 좋아서가 아니다. 기다림에 익숙한 우리는 무심한 공기에도 익숙하다. 반가움도 흥분도 소란함도 경계하는 건 떨림이 없는 상태여야 하기 때문이다. 들뜬 마음을 경계하는 곳에서 일하다 보면 서로에 대해서도 흔들림 없는 무심의 상태가 된다.

저절로 되는 일은 없었다. 화살을 과녁에까지 이르게 할 순 있어도 명중하게 하는 것은 혼자만의 힘이 아니다. 때로는 지혜가 때로는 묵묵한 소신이 사람을 나아가게 했다. 이치에 맞게 시작하고 끝맺는 이들로 인해 백 걸음 밖에서도 화살은 가야 할 방향을 찾는다.

4부

다가오는
것들

떠나지 않고도
여행하는 법

책상에서 바라본 풍경　　│　산 모양 그릇

지각의 경계에 있던 아침에 고개를 들어 위를 올려다보는 게 아니었다. 하늘을 올려다본 이는 나뿐만이 아니었다. 더 멀리는, 더 높이는 볼 수 없게 고층 건물은 출근하는 이들의 시야를 가려왔지만, 그런 훼방이 실패하고 마는 날이다. 세상의 모든 시계를 멈추게 하는 강력하고도 아름다운 파랑을 못 본 척하기는 쉽지 않다. 이런 날이면 작정이라도 했는지 하얗다 못해 형광빛이 도는 구름이 말을 걸어온다. 지중해 배경의 이온 음료 광고에서 본 후 언젠가 나도 갈 수 있을 줄 알았던, 하지만 아직껏 가보지 못한 나라에서 온 구름 같다.

"진짜 이대로 출근하려고?"

지하철역으로 내려가는 계단에서 분명 그런 목소리를 들었다.

"그렇지 뭐, 이번에 들어오는 지하철 타야 해."

열차를 놓칠까봐 서둘러 계단을 뛰어 내려간다. 그대로 사무실에 들어가기 아까운 날이 있다. 내 안의 소리가 들킬까봐 걸음은 더욱 빨라진다.

자신의 일과 머물 수 있는 안정된 공간을 갖고 싶은 열망과, 어디에도 매이지 않고 자유롭게 떠다니고 싶은 의지는 우리 안에 함께 산다. 직업을 바꾸지 않고 오직 한 가지 업을 하는 이들의 머릿속도 떠돌며 방랑 중이긴 마찬가지다. 몸은 정착민, 마음은 유목민. 어떤 삶이 더 우리에게 가까운 걸까. 순위는 엎치락뒤치락한다. 1만 년 전의 인류가 강가에 터를 잡고 뿌리 내리는 정주민의 삶을 선택했다 해도 구름처럼, 바람처럼 옮겨 다니며 위계와 정해진 틀 바깥에 있고 싶은 욕구는 유전자에 남았다.

둘 사이의 평화가 깨지면 일이 나겠지만, 평소에는 그 팽팽한 긴장을 감추고 산다. 수면 아래에서 일어나는 일과 움직임을 알아차리기 전까지는 잔잔한 물결만이 보인다. 내면의 정착민은 가야 할 정해진 궤도를 따르라 하며 우리와 함께 나이를 먹는다. 유목민은 세상의 나이를 먹는 속도와 다르게, 가끔은 스물의 어느 무렵이나 서른셋의 봄으로 말없이 가버린다. 무수한 시행착오 끝에 이제는 공존하는 법을 알게 되었다고, 부르면 다시 돌아오겠거니 대체로 느긋하게

백자 청화 산 모양 붓 씻는 그릇　　　벼루에 물을 붓다가도, 해야 할 일을 마치
고 붓을 씻으면서도 산에 머물고픈 심정은
문구류의 새로운 유행을 가져왔다.

생각했다. 그런데 가끔 노닥노닥할 새도, 딴전을 피울 새도
없는 아침에 슬슬 떠나야 하지 않겠냐며, 오늘이 좋지 않겠
냐고 묻는 소리가 들린다. 그렇게 통제가 안 되는 날이 있다.

　뭔가 의미 있는 일을 하고 자신의 이름을 드날리고 싶은
마음과 모든 것을 내려놓고 물소리, 바람 소리를 듣고 싶은
마음은 특별한 물건을 만들었다. 산 모양 붓 씻는 그릇(필세筆

洗)과 금강산을 옮겨놓은 연적은 유독 조선에서만 만들어졌다. 번잡한 현실을 살아내며 두 가지 정체성 사이에서 균형을 맞추는 어려움은 예전에도 다르지 않았나 보다. 산을 형상화한 문구류를 보다가 그 마음을 알 것 같아 고개가 끄덕여졌다. 이 작은 물건은 누군가를 다른 세계로 들어가게 하는 매개체였다.

먹이 묻은 붓을 씻어낼 때 사용하는 백자 필세는 뾰족한 산봉우리에 둘러싸여 있다. 맑고 깨끗한 백자 태토에 점을 찍듯 까슬까슬한 산의 질감을 새기고, 붓으로 철 성분의 옅은 동화 안료를 칠하자 단풍 가득한 붉은 산이 나타났다. 골짜기와 골짜기 사이의 능선을 따라 그릇을 가만히 돌려보면 파노라마 사진을 보는 듯하다. 푸른 청화로 채색한 봉우리로 걸음을 옮기면 산자락이 펼쳐지고, 산길에서 사찰로 이어지는 무지개 다리도 보인다. 봉우리에서 빽빽한 숲을 내려다보며 누각과 탑을 찾아낼 때의 기쁨도 느낄 수 있다.

산 모양 필세의 안쪽 바닥에는 푸른 용이 그려져 있다. 고대 인도의 세계관에서 우주의 중심에 있다는 수미산을 지키던 용일까. 물이 채워진 누군가의 필세로 내려와 헤엄을 치는 걸까. 단풍 든 금강산 모양의 연적은 가을 산을 곁에 두고 싶은 이의 애장품이 되었다.

또 다른 이의 산 모양 연적에는 그늘진 산골짜기에 아직

백자 청화 산 모양 연적　　　단풍으로 물든 가을 산이다. 고요하고 한적한 곳에
가고 싶은 마음에서 산 모양 연적이 만들어졌다. 책상
에 놓고 바라보며 산사에 이르는 상상을 했으리라.

녹지 않은 눈이 희끗희끗하게 남아 있다. 그래도 새순이 움트는 힘을 막을 수는 없으니, 어떤 책상에는 매화꽃을 심어 둔 연적이 놓였다. 첩첩이 싸인 산봉우리에 불가능한 크기의 꽃이 피었다. 매화 향기는 또 얼마나 멀리 갔을까.

벽癖은 어떤 것을 치우치게 즐기는 편벽된 버릇으로, 고치기 어려울 정도로 굳어버린 것을 뜻한다. 누군가는 책에, 누군가는 꽃을 가꾸는 데 미쳤다. 자신이 좋아하는 특별한 취미를 찾아 타인의 시선과 상관없이 그 안에서 재미를 찾는 벽은 18세기 조선을 해석하는 중요한 문화 코드였다. 17세기 이후 상업 도시의 성장은 조선 초까지의 관영수공업 체계를 개편했다. 소비자의 수요에 따라 갖고 싶은 소품을 상품으로 제작해 판매할 수 있게 된 것이다. 산을 떠오르게 하는 개성 넘치고 감각적인 소품은 책상에 두고 바라보는 풍경이 되었다.

중국 남북조시대 송나라의 화가 종병宗炳(375~443)은 나이 들고 병들면 명산을 두루 보지 못할 것이기에 자신이 유람했던 곳을 그림으로 그려 방에 걸어두었다. 다닐 수 없게 되어도 그곳에 머물기 위해서였다. 아름다운 곳이나 머물고 싶은 장소를 그린 그림을 보며 방문하지 않고도 즐기는 여행, '와유臥遊'가 가능했다. 일종의 가상 현실, 증강 현실이라고 해야 하나. 앞으로 오게 될 세상을 그때 이미 알고 있었구나 싶다. 특정한 장소를 얼마나 사실적으로 재현했는지는 중요하지 않았다. 마치 시를 읽을 때처럼 빛깔, 모양, 소리, 냄새, 맛, 촉감과 같은 구체적인 이미지나 심상心象이 담겼다면, 계절이나 시간을 떠올릴 수 있게 한다면, 우리를 어디든 데려가는 좋은 그림이었다. 하여 어떤 풍경은 수도 없이 그려졌다.

아무 곳도 안 가는데 마음속은 늘 떠돌고, 집과 직장만을 오가는 일상에 작은 금이 가듯 불안감이 자랄 때는 내 안의 유목민과 정착민이 티격태격 다툴 때다. 다른 세계로 도망가는 이를 달래고 진정시켜 출근한 날은 사무실 책상에 앉는 것만으로 뭔가 큰일을 한 듯 안도하게 된다. 시간의 흐름을 지켜보며 천 가지 모습을 기억하고 만 가지 의미를 아는 산의 든든한 풍경은 울타리 바깥이 궁금한 이들의 책상에 놓였다. 떠나고 싶었던 이는 다시 갈 수 있을 거라 자신을 다독이며 어떤 곳을 천천히 걷는 모습을 상상했을 것이다.

누군가의 책상에서 바라본 풍경이 우리에게도 필요하다. 노동과 역할로 채워지는 일상의 시간 이외에 머물 수 있는 공간을 만들어둬야겠다. 몸은 이곳에 있지만 생각은 여러 다층의 세상에 닿을 수 있다며 안심시켜줄 무엇 말이다.

퇴근길 발부리에 바짝 마른 나뭇잎이 닿는다. 일에 지쳐 마음은 메마르고 몸은 건조한 날이면, 우리가 머물고 뿌리 내린 일상이 무엇을 가뒀을까 궁금해진다. 그럴 때면 물을 담으면 살아나던 산 모양의 물건을 생각한다. 비가 그친 산에서 올라오는 산안개를 떠올리는 것만으로는, 기억에서 얻는 힘만으로는 안 되겠다 싶어진다. 태양도 달도 물도 바람도 새도 살아 있기에 이동하고, 이동하기에 살아 있다고 믿는 우리 안의 유목민이 이기는 날이다. 이런 날은 짐을 꾸릴 수밖에 없다. 내일 아침 어쩌면 누군가는 기차역에 있을지 모르겠다. 낯선 시간을 찾아가는 방랑자의 기쁨이 그의 마음을 가득 밝히는 아침일 것이다.

무언가의 풍경이 된다는 것 　 | 　고양이

지은 지 40년이 되어가는 오래된 아파트에 살고 있다. 인구가 적어 백화점이나 영화관은 없고 사람들 사이에 회자되는 유명한 맛집이나 요즘의 유행도 통 느낄 수 없는 동네다. 그럼에도 이곳을 떠나지 못하는 가장 큰 이유는 산책길 때문이다. 메타세쿼이아의 거칠거칠한 줄기 사이로 연초록 새 잎이 올라오는 모습을 보며 천변을 걷는 일이 즐겁다. 천변을 따라 걷다가 달팽이도, 너구리도, 맹꽁이와 자라도 만난다. 아기 뱀을 물고 노는 고양이에 깜짝 놀라고 까치와 까마귀의 신경전을 구경하다 어느 한쪽 편을 들고 있는 자신의 감정이입에 놀란다. 날기 귀찮아하는 오리와 왜가리가 주로 머무는 곳을 기억하고, 잉어와 미꾸리의 노는 장소와 잠자는 곳은 다르다는 것도 알게 된다.

그리고 길모퉁이 한쪽에는 로미라는 이름의 고양이가 산다. 아파트 단지를 지나, 빌라가 모여 있는 구역으로 접어들면 1차선 편도가 놓인 길가에 그녀의 집이 있다. 로미는 길고양이지만, 근처에 사는 이들에게는 유명한 '인싸' 고양이다. 기분이 내킬 때면 집 옆에 가만히 앉아 있는 누군가의 무릎에 가만히 올라가 앉는다. 찾아오는 팬이 많았던 날은 간절히 불러도 본체만체이지만, 내키는 날은 사람을 잘 따른다. 사료나 간식을 가져오는 이에게 다가가는 여느 고양이와 다르게 먹을 것에 연연하지 않는다. 어떤 선택을 하느냐는 순전히 그날 본인의 기분에 달려 있다.

10월의 어느 토요일 오후 동네를 어슬렁거리며 돌아다니다 로미의 집이 있는 곳에 발길이 멈췄다. 가까이에는 재활용 쓰레기를 분리해 모아두는 수거함이 있고 어수선하게 버리고 간 쓰임을 다한 물건이 여기저기 놓여 있었다. 작은 움직임에도 '이곳은 쓰레기 무단투기 촬영 지역'이라는 녹음된 소리가 나왔다. 길가에 앉아 있다가 로미의 선택을 받았다. 고양이가 내 무릎에 앉는 일은 처음이었다. 부슬부슬한 두 앞발이 편안한 자리를 만들기 위해 허벅지를 꾹꾹 누르는 감촉과, 들숨과 날숨을 쉴 때의 떨림이라니……. 이 귀한 기회를 놓칠세라 고요히 앉아 있었다. 빌라 건물 벽면을 따라 간밤에 내린 빗물이 길가로 떨어지면서 내는 '졸졸' 소리가 들렸다. 길 저편으로는 버스와 승용차가 오가는 소리가 들리고, 건널목에서는 속도를 내다 신호를 따라 느려지는 움직임, 다시 바삐 지나는 차들이 보였다. 차에서 내리는 이, 버스를 타려고 서두르는 움직임, 신호등이 바뀔까 초조하게 걸음을 옮기는 사람들이 저만치 보였다. 바쁜 일 없는 나는 그날 오후 가장 여유로운 동네 주민이 된 기분이었다.

가만히 로미를 쓰다듬어보았다. 누가 물었나 싶은 상처의 흔적과 털이 빠진 곳에 눌어붙은 딱지 자국은 어두워진 저녁 산책길에는 알아차리지 못했었다. 숨은 왜 이리 가쁘게 쉬는 걸까, 어디 아픈 곳은 없으면 좋으련만. 더워서 어쩌나 하던 때로부터 얼마 오지 않았는데, 좋은 가을날에 추워질 날씨를 걱정한다. 천변을 따라 산책하는 이들과 자전거를 탄 무리가 지나갔다. 너의 하루는 이런 풍경을 바라보면서 가는구나. 종일 이 풍경을 바라보며 무슨 생각을 할까. 신호등이 바뀌고, 거리의 사람들이 지나가고……. 해가 뜨고 저무는 시간, 다 나를 스쳐 지나가는데, 그 풍경이 로미에게는 어떤 모습으로 남아 있을까.

집안 형편이 어려워 중년이 될 때까지 고양이를 기르지 못했던 이규보의 고양이는 어땠을까? 검은 고양이 새끼를 얻었을 때 그의 포부는 대단했다. 무서울 게 없는 쥐들로 인

**변상벽(1730~?)의
고양이**

고양이를 항상 관찰하고 사랑하지 않았다면 이
처럼 그릴 수 있었을까? 고양이 그림을 얻으려
는 이들이 매일 그의 집 앞에 줄을 섰지만, 자신
은 재주가 넓지 않고 한 가지에 정밀할 뿐이라
고 겸손하게 말하곤 했다.

해 시달려왔던 차였다. 쥐 떼는 집을 뚫고 옷을 물어뜯어 너덜너덜하게 만드는 데 그치지 않고 심지어는 대낮에도 글을 쓰는 이규보의 책상에서 싸움질을 했다. 쥐들의 싸움을 멈추려다 그는 벼룻물을 엎기까지 했다.

보송보송 푸르스름한 털, 동글동글 새파란 눈. 생김새는 범 새끼 비슷하고 우는 소리는 쥐를 겁준다. 붉은 실끈으로 목줄을 매고 참새고기를 먹이로 주니 처음엔 발톱 세워 화닥이더니 점차로 꼬리치며 따르는구나. 내 옛날엔 살림이 가난타 하여 중년까지 너를 기르지 않아 쥐 떼가 제멋대로 설치면서 날 선 이빨로 집을 뚫었다. 장롱 속에 옷가지 물어뜯고 대낮에 책상에서 싸움질하여 벼룻물이 엎어지기도 했다. 네가 집에 있고부터는 쥐들이 이미 움츠러들었으니 어찌 담장과 벽만 완전할 뿐이랴, 뒷박 양식도 보전하겠다. 권하노니 공밥만 먹지 말고 힘껏 노력하여 이 무리를 섬멸하라.
                              - 검은 고양이 새끼를 얻다

　고양이를 드디어 갖게 된 그의 목소리는 흡사 선봉에 선 장군의 느낌이다. 이 무리를 섬멸해 자신의 근심거리를 사라지게 할 구세주가 나타난 것이다. 그러나 이규보의 문집

에 있는 또 다른 글을 보면 현실은 달랐던 모양이다. 곧 이어
지는 글은 〈고양이를 꾸짖다〉다.

> 감춰둔 내 고기 훔쳐 배를 채우고
> 이불 속에 잘도 들어와 고르릉대는구나
> 쥐 떼가 날뛰는 게 누구의 책임이냐
> 밤낮을 가리지 않고 버젓이 횡행하네
>
>   - 고양이를 꾸짖다

이상과 기대는 높았지만, 뜻대로 되진 않았다. 사물과 사
물의 관계를 바라보는 시선이나 이를 풀어내는 솜씨가 참
그답다.

> 사람은 하늘이 만든 걸 훔치고
> 너는 사람이 훔친 걸 훔친다
> 다 같이 먹고살려고 하는 일인데
> 어찌 너만 나무라겠니
>
>   - 쥐를 놓아주며

이규보는 이제 고양이에 대한 기대를 접다 못해, 쥐의 처
지도 이해하게 됐다. 어차피 다 같이 먹고살려고 하는 일이

라며, 사람 역시 하늘이 만든 걸 훔친다고 했다. 아기 고양이를 처음 만난 날의 설렘부터 고양이와 쥐, 자기 자신, 이 모두를 있는 그대로 인정하기까지의 마음이 고스란히 전해졌다.

로미 옆에서 700년 전의 검은 고양이 이야기가 스스럼없이 떠올랐다. 어떤 하루들이 쌓여 지금의 네가 되었는지, 몇 해의 가을을 맞는 중인지 나는 알 수 없었다. 단지 로미를 따라 바람의 냄새를 킁킁 맡았다가 멈춰 선 버스에서 내리는 이들을 한참 바라보고 있을 뿐이었다. 우리가 서로를 잘 알지 못한다는 건 중요하지 않았다. 살아온 날도, 살아갈 날도 알 수 없지만, 우리는 그저 오가는 것을 보며 지나는 소리를 듣고 가만히 머물러 있었다. 내가 고양이가 머무는 풍경의 일부가 되었다고 느끼자 어떤 시공간의 주인은 누구일까 하는 질문은 들지 않았다. 평화롭고 고요한 토요일 오후, 동네 담벼락에 앉은 내게 닿는 가을 햇살이 이제야 온전히 내 것 같았다.

주사위를 던지다

우리집의 주사위는 늘 짝짝이다. 흰색 플라스틱에 검은 점이 찍힌 형태는 비슷하나, 발이라도 달렸는지 자주 사라진다. 보드게임 좋아하는 이가 있는 집에는 다양한 조합의 주사위가 있기 마련이지만, 900년 전의 주사위는 좀 특별해 보인다. 한 개는 자그마치 푸른빛의 청자다. 철분이 조금 섞인 고운 흙으로 형태를 잡고 숫자를 나타내는 눈은 검은 흙을 채웠다. 1센티미터 내외의 작은 정방형에 진심을 담았다. 고려인의 플렉스는 투명한 유약을 입혀 섭씨 1300도의 가마에서 구워냄으로써 완성되었다. 또 다른 주사위는 경기도 개성 부근에서 출토되었다. 돌 중에서도 무른 편에 속하는 납석으로 만들었다. 양초처럼 표면이 매끈매끈하고 광택이 나는 돌에 날카로운 도구로 홈을 파 숫자를 나타냈다.

고려의 주사위　청자 태토에 검은 흙을 상감하고 유약을 발라 구운 주사위. 그 옆에는 부드럽고 무른 돌, 납석을 깎아 만든 주사위다. 정방형의 작은 물건에 진심을 담았다.

　주사위는 인류의 역사에서 가장 오래된 놀이 도구 중 하나다. 기원전 3000년 이전의 아시아, 유럽, 아메리카, 아프리카 전역에서 발견된다. 처음에는 자두씨나 복숭아씨, 동물의 뼈, 사슴뿔, 진흙, 동물의 이빨을 사용하다가 점차 모든 면이 동일한 크기와 형태가 되도록 정교하게 다듬어졌다. 주사위를 던진 사람이나 바라보는 사람이나 주사위의 숫자가 몇에 멈추는가는 초미의 관심사였다. 납석 주사위처럼 숫자만큼 홈만 파고 내버려둔 예도 있지만, 숫자를 신속하고 쉽게 알아보기 위해 색을 넣는 것이 일반적이었다.

900여 년 전이나 지금 쓰는 주사위나 재료는 다르지만 크기와 형태는 비슷하다. 보드게임 중에는 주사위 두 개를 사용하는 경우가 있다. 주사위와 주사위가 결합하면 1에서 6까지의 세계는 12의 세계로 확장되고 경기의 속도도 배가되었다. 게임판을 옮겨갈 때도 성큼성큼, 인생 게임에서도 쉽게 따라잡을 수 없는 큰 걸음이다. 이기고 있는 사람은 신이 나고 지고 있는 사람은 마음이 초조해진다. 원하는 숫자가 나오느냐 나오지 않느냐에 따라 탄식과 환호가 오간다. 청자 주사위와 납석 주사위로 무슨 놀이를 했을까. 신통하게 원하는 숫자가 잘 나온다며, 잃어버리지 않으려고 잘 챙겨두어 지금까지 전해진 건지도 모른다. 주사위가 기억하는 목소리와 온기 때문인지 손바닥에 닿는 촉감과 무게감은 제법 강하다.

고대 사회에서 주사위는 단순한 놀이가 아니었다. 카이사르가 루비콘강을 건너 로마로 진격할 때 주사위는 던져졌다고 했던가. 점을 치거나 신탁을 받을 때, 운명을 판단해야 하는 막중한 무게감 앞에서 누군가의 손에는 주사위가 놓여 있었다. 선택의 기로에서 우연에 기대 주사위를 던졌다. 우리를 속수무책으로 만드는 것 앞에서 주사위는 최선의 선택이었다. 알 수 없지만 알고 싶고, 예측할 수 없지만 예측해야 한다면 달리 이보다 더 나은 방법이 있을까?

사다리 타기, 경품 추첨, 제비뽑기, 뭐 하나 걸려본 적이 없다며 운이 좋아본 적이 없다고 쉽게 말한다. 하지만 다른 이들은 그다지 애쓰지 않아도 잘 풀리는데, 나는 열심히 해도 세상이 가혹하다 느껴질 때면, 노력이 부족해서라며 자신을 탓했다. 운이 따르지 않는 어쩔 수 없는 상황도 있었을 텐데.

게임 상자를 열면 펼쳐지는 세계 앞에서 아이는 늘 반짝반짝했다. 이 게임을 오래 지속할 수 있기를 기대했다. 한창 재미있었으며 재미있으니까, 졌으면 서운하니까 빨리 끝나지 않기를 바랐다. 곧잘 한 판 더하자는 아이 앞에서 무슨 핑계로 이 '육아사역'을 피할 수 있을까만 궁리하곤 했다. 아이가 게임을 즐기듯이 그 시간에 온전히 머물렀다면 어땠을까. 안타까움과 짜릿함도, 안 풀리는 답답함도, 좋은 숫자가 나오기를 기다리는 간절함도 그냥 그대로 바라보았다면……

게임을 승패를 내리기 위한 여정으로 생각하니 결과 안에 갇혀 온전히 즐기지 못했다. 애초 계획하고 조정하고 통제할 수 없음을 인정했다면, 삶이란 원래 예측할 수 없는 거라며 그렇게 놓아줬다면 우리의 이십 대와 삼십 대도 조금 수월했을 것 같다. 예상치 않게 왔다가 내 옆을 지나간 기회,

사람, 아직도 얼얼한 감정의 흔적으로 흔들리는 일에 조금 더 너그러운 사람이 되었을 것이다.

주말에는 주사위를 던져봐야겠다. 우연이 이끄는 대로, 주사위가 멈출 때 마음에 고이는 느낌을 따라가 봐야겠다. 이번 판의 나쁜 숫자도 게임 전체에서는 어떤 징검다리가 될지 재단할 수 없으니. 회복할 수 없을 것 같을 때도, 다음 판은 또 모르는 거라며 괜찮다고 말하는 아이는 인생을 아는 것 같다. 이번 판은 연습 게임이어서 다행이란다. 어차피 내가 조정할 수 없는 일과 노력할 수 있는 일이 함께 오니 가 봐야지. 들숨과 날숨을 천천히 따라가다 보면 두 호흡 사이에서도 마음이 편안해진다. 다행인 일이 참 많다.

조선의 인스타그램 | 화원 백은배의 화첩

    자신의 현재를 흘려보내지 않고 부지런히 기록하며 소통하는 이들 덕분에 멀리 있는 이의 근황을 알게 된다. SNS는 결코 같은 공간에서 눈을 바라보며 나누는 대화를 대신할 수 없다고 하지만 그와는 다른 방식으로 언제 어디서든 연결되며, 또 다른 톤의 연대감이 차곡차곡 쌓인다. 함께 있어도 우주를 떠도는 행성처럼 외로웠던 경험을 떠올려보면, 물리적인 거리와 정서적인 거리가 꼭 일치하진 않는다.

    SNS의 프로필 사진은 어떤 경향을 나타내거나 함축하기도 하고 숨기기도 한다. 자신을 알리고 싶다거나 어떤 사람으로 보이고 싶다는 기대를 담기도 하고, 반려견이나 고양이, 아이들이나 가족처럼 소중하게 생각하는 대상이나 풍경을 암시하기도 한다. 대중 앞에 서거나 책이 가득 꽂힌

서가를 거닐거나 슈트 바지에 손을 찔러 넣고 먼 곳을 응시하는 식의 전형적인 컷을 좋아하는 이도 있다. 어떤 방식으로든 자신의 멋짐을 연출한 사진을 볼 때면, 정작 올린 사람은 아무렇지도 않은데 나는 여전히 어색하고 부끄러운 기분이다.

지금껏 찍은 사진 중에 최고로 꼽을 만큼 잘 나온 사진을 뜻하는 '인생샷' 같은 단어가 생겨난 지는 얼마 되지 않았지만 개념은 이미 오래전부터 있었던 것 같다. 조선 말 도화서 화원 백은배(1820~1901)의 화첩을 넘겨 보다 인스타그램을 떠올렸다.

백은배 집안은 대대로 외국어 통역을 맡는 역관에 종사했으나, 아버지 대에서부터 국가에서 필요로 하는 그림을 담당하는 화원으로 일했다. 의학, 법률, 외국어, 그림처럼 전문 지식이나 기술이 필요한 일은 중인 집안에 세습되었기에, 자연스럽게 이름난 중인 가문이 만들어졌다. 그의 집안은 열 명 이상의 화원을 배출했고, 백은배 자신도 57년간의 화원 재직 기간 중 임금의 초상화인 어진御眞 제작에만 다섯 차례 이상 참여할 만큼 이름을 날린 화가였다.

43세 때인 1863년에 엮은 화첩은 총 20면의 그림으로 이루어졌다. 연못의 수초가 노란 꽃을 피운 한때, 풀벌레와

화원 화가 백은배의
그림 모음집

고요한 물가에서 들리는 풀벌레 소리, 계절의
향기와 소리가 그림에 담겼다.

개구리 소리가 들리는 한가로운 풍경이었다. 동전같이 작은 잎과 넉넉한 잎사귀가 떠 있는 물가에는 계절의 향기가 가득했다. 풀벌레의 날갯짓은 물속 수초까지 비치는 연못의 고요함을 깼으리라. 소리나는 곳으로 개구리가 하늘을 응시할 때 나른하던 정적이 깨진다. 정면을 촬영한 컷보다 풍경의 일부로 보이는 자연스러운 포착이었다. 개구리에게 그림을 보여줬다면, 이건 진짜 올려야 된다며 기뻐했을 것 같다.

개구리뿐 아니라 수탉, 물고기, 개 등 화첩의 다른 면에서도 인생샷을 찾을 수 있다. 사물과 일상을 섬세하게 바라보고 자신의 해석으로 포착하는 화가의 시선은 때로는 보다 직접적으로 드러난다.

국화가 활짝 핀 날, 야외에 한 사람이 있다. 연보랏빛의 하늘거리는 상의와 머리에 쓴 투명한 검은 두건. 그가 얇고 비치는 시스루 취향을 좋아하는지는 알 수 없지만, 외투 없이 밖에 나와 있어도 좋을 가을날이다. 꼭 해야 할 일은 없는 시간, 그의 앞에는 붓과 벼루, 종이가 있다. 먼 곳을 향하는 시선은 무엇을 그릴까를 궁리하기 때문인지, 바람을 타고 오는 국화꽃 향기를 맡고 있어서인지 모르겠다.

가을이 시작된 정확한 날짜를 기억할 수 없듯이 국화가 피기 시작한 날도 그럴 것이다. 모처럼 휴가를 내고 회사를

국화꽃 앞에서   무엇도 적지 않은 종이를 두고 생각에 잠긴 이
는 어쩌면 화가 자신일지도.

가지 않아도 되는 평일 오전, 커피를 내리고 다이어리를 펼칠 때의 기분과 비슷하려나. 무더위가 길수록 여름은 끝나지 않을 것 같았는데, 어느새 새로운 계절이 성큼 와 있다는 것을 갑자기 알아차린 날이 떠올랐다. 아직 무엇도 적지 않은 펼쳐진 종이와 붓은 그의 카메라가 될 것이다. 인스타그램에서 종종 보는 '맛집에서 보내는 행복한 시간'과 같은 직접적인 포착은 아니지만, 나는 이럴 때 행복한 기분이 든다는 마음은 고스란히 전해졌다.

그림을 그린 이가 어떤 사람이겠구나 하는 느낌이 올 때가 있다. 자신이 만든 그림 속 세상과 그곳에 머무는 인물을 바라보았을 화가의 시선이 내게도 닿을 때면 왠지 아는 사람이라도 만난 듯 반갑다. 그런데 어떤 날은 '이토록 멋진 나'보다는 고단한 사람에게 더 눈이 간다.

파도가 넘실거리고 사방이 안개로 덮인 바다 가운데 한 인물이 있다. 갈대를 타고 바다를 건너는 이는 선종禪宗의 시작을 알린 달마대사다. 선종에서는 깨달음이 문자나 교리가 아닌 마음으로 전해진다고 보아 참선 수행을 강조했다. 〈달마도達磨圖〉는 형식적인 것은 생략하고 대상의 특징을 포착해 거침없이 그리는 선종화의 단골 주제다.

갈대 위에 앉아 무릎에 머리를 대고 눈을 감고 있는 이의 모습이 익숙하다. 퇴근길 의자에 기대어 졸다가 집에 도착

달마도 갈대 위에 앉아 바다를 건너는 이는 달마대사다. 단정하게 앉아 고요히 생각하며 깨달음을 얻는 방식이 그로부터 시작되었다. 우리의 고단함도 그 끝에는 도달하는 곳이 있지 않을까.

한 것을 알리는 지하철 방송에 눈이 딱 떠질 때의 나 같다. 갈대가 해안에 닿아 졸음을 불러오던 파도의 출렁임이 멈추면, 저 고단한 이는 눈을 뜨겠지? 부디 이 피곤한 이를 누군가 조용히 깨워야 할 텐데.

인스타그램에 올린 그림은 당신의 하루가 어땠는지를 묻는다. 글쎄…… 나는 너무 많은 질문에 답한 날이다. 이런 날에는 나 자신이 어디에 있는지 모르겠다는 기분이 든다. 당

신의 하루는 어떤 풍경에 가까우려나. 멋짐을 잘 포착한 뽐
냄의 사진에 공감이 갈까. 오늘 하루 당신의 기분은 어떤 그
림일까.

한때 누군가의 자랑이었을

백자 무릎 모양 연적

일터의 시간은 참 이상하다. 특별히 뭔가를 끝낸 것 같지 않은데, 분주한 공기를 따라가다 보면 어느새 주변이 어둑해진다. 오늘도 어제와 혹은 그제와 비슷한 느낌이네, 생각할 즈음, 창밖에서 느릿느릿한 움직임이 보였다. 처음에는 뭔가 싶었는데, 눈이었다. '나를 부른 게 너구나.' 몸이 가벼운 이만이 출 수 있는 춤처럼, 멜로디도 박자도 알 수 없는 자유로운 비행이었다.

한없이 느리던 눈은 점차 굵고 무거운 눈발로 바뀌었고, 기상청은 수도권 대설특보를 발효했다. 무성영화처럼 내리던 눈이 소리를 내기 시작했다. 팝콘처럼 급하지도, 폭죽처럼 우악스럽지도 않지만, 꽃눈에서 꽃잎이 피어날 때처럼 고요하고 평화로운 폭발이 진행 중이었다. 집에 어찌 가나며 웅성거리던 사무실의 소리도 점차 잦아들었다.

"썰매 타고, 안 되면 뗏목이라도 타고."

자꾸 혼잣말이 나와 큰일이다.

손발이 찬 이에게 겨울은 힘든 계절이다. 얼다가 아프다가 감각이 없어진 손은 종이에도 책에도 물건에도 잘 베인다. 겨울을 보내는 손에는 베인 상처가 많다. 강하고 날카로운 공기에도 자주 찔린다. 얼어 있는 박물관의 호수 위로 쌓이는 눈을 보며, 봄만 기다리던 마음을 내려놓는다. 얼마 남지 않은 겨울을 좀더 느껴야 할 것 같다.

혼자 남은 시간, 다른 날이 되어버린 저녁에 눈의 공연을 본 사무실의 관객은 나뿐만이 아니었다. 책상 위의 두더지 인형 쿠루제, 항상 모험 중인 땡땡과 밀루, 노란 은행나무가 그려진 틴케이스, 색이 바래가는 포스터의 아톰, 인도 세밀화 엽서의 왕자 · 코끼리, 항공박물관에서 온 노란 비행기 모형도 그날 함께였다. 혼잣말이 늘어나는 데 일정한 책임이 있는 이들이다. 하늘과 땅에 방음벽이라도 친 듯, 눈은 세상의 소음을 덮어주었고 사방은 이내 고요해졌다.

누군가의 책상에 놓였던 이 작은 백자를 우리는 '무릎 연적'이라고 부른다. 언제부터 이런 이름을 갖게 되었는지는 잘 모르겠다. 10센티미터가 조금 넘는 높이에 위로 올라갈

백자 무릎 모양 연적　불순물을 걷어내고 눈처럼 보슬보슬한
흙으로 만든 백자 무릎 모양 연적이다. 전
시실에서 이 연적을 만날 때면 무릎의 안
부가 궁금해진다.

수록 갸름해져 손에 쏙 들어온다. 연적의 윗면에는 물을 넣
을 수 있는 구멍이 있고, 먹을 갈 때 쓰는 물은 몸체 옆 작은
구멍에서 나온다. 어떤 문양도 없이 형태와 색만 있는 이 작
은 연적이 좋다. 딱히 뭐라고 이름 붙여야 할지 모르겠기에

'무릎'이 되었을까.

   백자를 만드는 고운 흙은 고령토라고 부르는 백토 광산에서 얻는다. 그릇을 만드는 흙을 물에 풀어 휘저어 철분과 불순물을 가라앉히고 앙금만 걷어서 쓴다. 불순물을 걷어내고 눈처럼 보슬보슬한 흰 흙을 얻는 과정을 '수비水飛'라고 한다. 나를 붙잡는 불편한 것들에게 그만 안녕을 고하고 물속에서 날아오른다니, 처음 수비라는 단어를 들었을 때 그 자유롭고 예쁜 어감에 반했다. 백토를 조몰락조몰락했을 이가 무엇을 만들면 좋을지 의견을 물었다면, 나는 눈사람 연적을 만들어달라고 대답했을 것이다. 뻔하지 않고 기발했던 그는 내게 의견을 묻지 않고, 눈처럼 흰 무릎 연적을 만들었다.

   곱게 수비한 흙은 백설기처럼 포근포근했고, 투명한 유약을 발라 굽자 은은하게 반짝였다. 벼루에 물을 따르고 먹을 갈 때 마음에 머무는 느낌이 좋아 자꾸 먹을 갈고, 글을 쓰게 됐을까? 흰 종이를 두고 무슨 말로 시작할까 생각하며 고개를 들었을 연적의 주인을 상상해본다.

   겨우내 얼었던 호수가 녹아 햇살에 반짝이는 물결을 오래 바라보고 온 오후에는 편지를 써야겠다고 마음먹었을 것이다. 벼루에 한 방울 한 방울 물을 떨어뜨리다 보면, 복잡한 생각이 가라앉는 지점이 찾아왔겠지. 편지의 수취인은 알 수 없지만 '이 계절도 이렇게 지나가나 봅니다'라고 쓰는 이의 뒷모습을 백자 연적은 바라보았을 것이다.

이 작은 백자는 벼루 옆에 머물던 시간으로부터 긴 여정을 마치고 우리와 같이 있다. 낯선 감촉이 자신을 들어 올릴 때면, 늘 조심스럽게 내려놓아 주던 손길과 자신을 아껴주던 목소리를 떠올릴 것이다. 한때 누군가의 자랑이던 순간은 차게 언 손을 녹이고 아픈 배를 만져주는 따뜻한 손길처럼 마음 어딘가에 고여 있으리라. 어떤 기억은 땅으로 향하던 고개를 돌려 더 큰 세상을 보고 싶게 한다.

눈 오는 소리를 듣다가 연적을 생각하게 된 건 내 무릎 통증 때문이었다. 마감이 지난 일들로 추운 사무실에서 며칠 야근을 했고, 하루에 걷는 걸음 수를 약간 늘린 것 외에 특별한 일은 없었다. 처음에는 계단을 내려가기 불편한 정도였지만 점차 평지를 걷는 것도 조심스러웠다. 치료를 받아도 좀처럼 낫지 않자, 한의사는 당분간 걷지 말라는 처방을 내렸다. 어떻게 안 걸을 수가 있냐고 항의하자 그럼 100보만 걸으라고 한다. 쉬어야 하는 건 알겠는데 100보라니. 나도 모르게 피식 웃었다.

걸음 수를 제한받는 건 숨 쉬는 횟수를 조절하라는 처방 같았다. 걷는다는 게 더욱 절실해졌다. 테니스와 달리기로

스트레스를 푼다는 삼십 대 친구는 무릎이 아프다는 게 도대체 무슨 말이냐고 한다. 나와는 아주 먼 우주에 사는 이답게, 어떻게 자신의 몸에 잘 붙어 있는 게 아플 수 있는지 물으며 회사의 회의 안건에라도 올릴 진지한 표정이다. 아플 때는 그 아픔만이 나를 채우는데, 적어도 그때 나의 풍경은 무릎이었다.

무릎 연적은 있는지 없는지 신경 쓰이지 않지만, 항상 그곳에 있는 내 책상 위의 피규어 같다. 하루의 태반을 급하고 중요하다며 소리 높이는 일에 집중해 살지만, 실제 나를 버티게 하는 것은 신경 쓰이지 않게 있어주는 일상이다. 알람을 끄고 일어나 세수를 하고, 밥을 차리고, "늦겠네" 하면서 좀 더 속도를 내고, 현관문을 열고 나갈 때, 얼굴에 닿는 바깥의 찬 공기가 주는 작은 만족감이 좋다.

오늘도 도망가려는 마음을 달래며 무사히 출근해 사무실 책상에 앉는다. 책상 위의 각종 물건은 마치 큰 전투에서 승리를 거둔 듯 의기양양한 나를 조용히 바라본다. 종종거리던 공기가 가라앉고 사방이 조용해질 즈음이면, 열어놓은 파일을 다시 하나하나 닫으며 퇴근을 준비하는 나의 혼잣말을 듣는다. 백자 무릎 연적이 자신이 들었던 이야기, 자신이 보았던 붓끝의 그림을 기억하고 있듯이, 책상 위의 물건과 피규어는 내가 보낸 시간을 알고 있다.

한때 누군가의 자랑이었던 작은 연적 안에 이제 당신의 이야기를 담았으면 좋겠다. 당신에게 좋은 일이 되어주는 이와 함께했던 온기와 용기를 주는 글, 마음이 따뜻해지는 노래, 이따금 듣는 목소리를 담아보자. 작은 백자를 떠올리며 내 무릎을 만져본다. 빨리 나아라. 가보아야 할 곳이 아직 많단다. 멀리, 더 먼 곳도 걸어야지.

바다를 건너온 동전 신안선 출토 동전

1975년 전남 신안의 증도 앞바다에서 한 어부가 길어 올린 그물에 청자 꽃병을 비롯한 여섯 점의 도자기가 딸려 왔다. 초등학교 교사였던 어부의 동생은 이 도자기가 쉽게 볼 수 없는 귀한 것임을 알아보고 군청에 알리게 된다. 섬과 섬 사이 바다에 보물을 가득 실은 침몰선이 있다는 소문은 도굴꾼들 사이에서 전해져왔던 터였다. 바다에서 도자기를 올린 어부와 그 동생에 의해, 소문이 사실이었음이 세상에 알려졌다. 그리고 정식 발굴이 시작되었다. 9년 동안 이루어진 11차례의 해저 발굴은 대한민국 수중 고고학의 역사에서도 처음 있는 일이었다.

바다에서 인양한 배는 길이 30미터, 폭 10미터에 달하는 대형 무역선으로, 출토된 지역의 이름을 따서 신안선이라고 불렸다. 내부에는 2만 5000여 점의 중국 도자기, 고급 가구나 향을 만들 때 사용하는 동남아시아산의 귀한 목재인 자단목紫檀木, 각종 공예품과 귀한 향료가 실려 있었다.

이 배는 1323년 여름 중국 저장성浙江省 닝보寧波에서 출발한 무역선으로, 애초의 목적지는 일본 규슈九州의 하카타항博多港이었다. 유물 중에는 글씨를 적은 나무 조각인 목간木簡이 함께 출토되었다. 택배의 배송 정보처럼 화물의 주인과 배송지, 물품 내역이 적혀 있어 물품 중 상당수가 교토의 도후쿠지東福寺 등으로 배송될 예정이었음을 알 수 있었다.

중세 동아시아의 해상교역을 확인할 수 있는 보물선에는 어마어마한 양의 동전이 실려 있었다. 대형 무역선이었던 신안선은 240톤 정도를 선적할 수 있었는데, 침몰 당시 적재된 물품의 무게는 140여 톤이었다. 동전의 무게는 자그마치 28톤으로 신안선에 실린 가장 무거운 물건이었다. 일부 베트남 동전도 있지만 대부분은 중국 동전으로 수량은 800만 개가 넘는다. 가깝게는 1310년에 주조된 지대통보至大通寶, 대원통보大元通寶도 있었지만, 배가 항해를 시작할 당시 유통되던 원나라 동전만 실은 것은 아니었다. 한나라 동전부터 당나라와 오대에 사용되었던 동전, 상업이 번성하고 화폐가 널리 유통되었던 송나라 동전도 포함되어 있었다.

일본으로 가던 원나라 무역선에 그토록 많은 동전을 실은

신안선 출토 동전
신안선 아래쪽에 실은 화물 중에는 800만 개가 넘는 동전이 포함되어 있었다. 더 이상 물건을 구매하는 데 사용하지 않는 동전의 기억은 어디로 갔을까.

이유는 뭘까? 당시 원나라에서는 동전을 쓰지 않고 교초交鈔라고 불리는 지폐를 사용하는 정책을 시행했다. 동전 대신 지폐를 쓰면서 기존의 동전은 활용도가 떨어졌다. 이에 비해 요나라, 서하, 금, 고려, 일본 등지에서는 중국 동전이 통용되었던 기록이 있다. 특히 일본에서는 은과 금의 가치가 상대적으로 낮아 상인들은 동전을 가져가 세 배가 넘는 시세로 팔고 이를 다시 금으로 바꿔 엄청난 이윤을 얻었다고 한다.

동전의 쓰임에 대해 학자들은 여러 추정을 해왔다. 송나라 동전이 중국에서 쓰이지 않게 된 후 일본으로 넘어와 활발하게 유통되었기에 중국 동전을 일본에서 화폐로 사용했다는 추정에 힘이 실렸다. 또 어떤 연구자들은 중국에서 화폐를 사온 후 일본에서 이를 다시 녹여서 당시 유행하던 대형 불상을 조성하는 데 사용했을 것으로 보기도 한다. 신안선에는 14세기 중세 동아시아의 교역과 취향을 엿볼 수 있게 하는 화려한 유물이 가득했기에 동전은 연구자나 관람객의 큰 관심을 끌지 못했다. 동전을 등록하는 박물관 직원들은 산처럼 쌓인 동전 앞에서 큰 한숨을 쉬었지만 말이다. 한때 누군가의 종교였고 살아가는 이유였던 탐욕의 대상은 이제 그 기능을 잃고 박물관에서 조용히 휴식 중이다.

2016년 박물관에서 개최한 특별전《신안해저선에서 찾아낸 것들》은 신안선 발굴 40주년을 기념한 전시였다. 2만여 점의 유물과 1톤에 달하는 동전이 출품되어 박물관 역사상 가장 많은 수량이 전시된 기록을 세웠다. 신안 동전을 다시 생각하게 된 것은 우리집에 도착한 동전 수집 키트 때문이었다. 퇴근하고 집에 가보니 동전 꾸러미가 한쪽에 있었다. 아이 말로는 옆집 막내 할아버지가 이사 가시며 주셨다고 했다. 옆집에는 약 90세 이상의 할머니와 할아버지, 그리고 환갑을 넘긴 나이가 분명한 막내아들이 살고 있었다. 아

**《신안해저선에서 찾아낸 것들》
특별전**

신안 앞바다에서 건져 올린 원나라 무역선
은 1323년 중국 저장성 닝보에서 출발해 규
슈로 가던 중이었다. 다량의 도자기와 귀한
목재와 향료가 실려 있었다.

이는 막내아들을 막내 할아버지라고 불렀는데, 세 사람의
나이는 대략 잡아도 도합 240세 이상으로 보였다.

　이들을 만나는 시간은 늘 지각의 경계에 놓이는 출근 시
간이었다. 할머니의 일과는 출근하는 나와 같은 시간에 시
작된다. 헐레벌떡 나가면 아들은 할머니의 지팡이를 들고
할아버지는 엘리베이터의 열림 버튼을 누르고 흡사 여왕님
을 배웅하는 모습으로 대기 중이다. 지각의 갈림길에 속이
탔지만 가족들이 오전 의식을 마칠 때까지 닫힘 버튼을 함

부로 누를 수가 없었다. 나를 위해서는 아니었지만, 엘리베이터를 잡아주는 옆집 덕분에 무수한 지하철을 놓치지 않았으니 내가 이들의 시선에 투명 인간이라는 건 문제되지 않았다.

이제는 할아버지도, 할머니도 볼 수 없다. 항상 건강해 보이셨는데 한 일주일인가 할아버지가 안 보여서 아프신가 하는 새에 돌아가시고, 석 달도 안 되어 할머니도 고요하게 떠나셨다. 두 분이 훌쩍 떠난 후 혼자가 된 막내아들은 매일 밤 오래된 짐을 정리했다. 분리수거장에는 주인을 잃은 물건이 밤마다 차곡차곡 쌓여갔다. 그중 옆집 아들이 할아버지의 것이라며 아이들에게 건넨 건 여러 나라의 동전이었다.

빳빳한 정사각형의 종이 안에 비닐 케이스로 마감을 해서 동전의 앞뒷면을 볼 수 있게 한 수집가의 소장품이었다. 할아버지가 동전을 수집하게 된 이유는 한참 후에야 알게 되었다. 할아버지는 젊을 때 외항선을 타셨단다. 큰 배를 타고 다니던 이가 취미로 모은 여러 나라의 동전이 이제 주인을 잃고 우리집으로 온 것이다. 문을 열고 나가면 늘 고요히 미동도 없이 앞 동을 바라보고 서 있던 뒷모습이 떠올랐다.

중세 무역선이었던 신안선의 아래쪽에 단단히 넣어둔 상자에는 화물이 동전임을 나타내기 위해 '전錢'이라고 적거나 동전의 주인을 기록한 화물표가 붙어 있었다. 혹시 화물이 섞이거나 분실될까 적어둔 화물표와 동전이 흩어지지 않게 묶어둔 끈은 바다 깊은 곳에서 700년의 시간을 보내며 삭았지만 자신의 것임을 증명했던 징표와 함께 남아 있다. 물건에는 별다른 마음을 주지 않아도 사용한 이의 손길과 체취가 남는데, 돈은 좀 다르다. 애당초 주인이 정해지지 않은 물건이다. 내 손안에 지니고 있는 순간은 내 것 같지만, 그 역시 알 수 없다. 더 이상 물건을 구매하고 재화를 바꾸는 데 사용되지 않는 동전, 동전의 기억은 어디로 갔을까? 할아버지의 동전을 보다 여러 생각이 머물다 사라진다.

　이웃들이 떠난 후 내게는 없던 습관이 생겼다. 밖으로 나가기 전 관악산 너머를 바라보며 산의 나무가 어떤 모습인지, 비가 그치고 산안개가 머무는지, 단풍이 산 능선으로 올라오는지, 저 멀리를 바라보곤 한다. 그 저녁 할아버지가 바라보던 건 파도 소리도 들리지 않는 깊은 밤, 달빛이 비추는 바다였을까, 머나먼 바다 위에서 본 하늘의 적막함과 고요였을까. 이제는 물어볼 이도 없지만 바다 깊은 곳으로 가라앉은 동전 꾸러미보다 내 눈에 고스란히 담기는 지금 이곳의 모든 것을 기억하는 편이 더 낫겠구나 생각해본다.

할아버지의 좌판

황비창천이
새겨진 거울

할아버지의 좌판은 대형 마트 앞 길목에 있다. 파란 텐트 천을 바닥에 깔아 만든 임시 매대에 가지런히 정리해둔 물건들은 단출해 한눈에 들어온다. 멸치나 다시마로 국물을 낼 때 쓰는 면 주머니가 있고 고무줄로 마감된 장독 덮개 망과 음식을 찔 때 까는 찜기용 삼베천이 각각 대 · 중 · 소의 크기로 놓여 있다. 그 옆에 놓인 건 바지나 치마 허리에 넣는 고무줄이다. 흰색 · 노란색 · 검은색 세 가지 색의 고무줄은 쫀쫀함이나 두께가 각각 다르다. 길게 정렬해둔 고무줄 옆으로는 바느질할 때 쓰는 작은 가위와 색색의 실패도 보인다. 좌판의 아래쪽에는 인조가죽으로 만든 검은색 동전 지갑이 있고, 몇 개의 구둣주걱과 휴대용 돋보기도 놓여 있다.

지하철역으로 가는 길목이어서 많은 사람이 지나다니니

그나마 장사하기 좋은 장소일지도 모르겠다. 하지만 비탈진 좁은 길이어서 오가는 발걸음에 가속이 붙는데, 무엇보다 사람들의 이목을 끌 만한 물건이 아니라 의아한 마음이다. 고심하고 좌판을 벌이셨겠지만 바삐 오가는 행렬을 찍은 영화 속의 정지 화면 같아 지나치는 발길이 개운하지 않다. 서둘러 발걸음을 옮겨 출근하는 무리가 사라지면 할아버지의 거리는 더욱 느릿느릿 흐른다. 좌판 앞에 누군가 걸음을 멈추고 말을 붙이면 지켜보는 내가 더 반가울 지경이다. 물건을 들었다 놓았다 하는 이는 여지없이 나이가 지긋한 어르신이다.

퇴근길에도 좌판은 거의 줄지 않았고, 뭔가를 사려 해도 필요한 게 없다. 이쯤 되면 할아버지의 관심은 물건을 파는 게 아닐지도 모르겠다는 생각이 든다. 오가는 이들을 보면 적적함이 덜하니, 쉬는 대신 나오신 건지도 모를 일이다. 지금은 별로 찾지 않는 수요가 줄어드는 물건을 파는 할아버지가 안쓰럽다. 그래도 누군가는 봄이 되면 장을 직접 담그고, 실리콘 찜기 받침보다는 삼베천을 깔고 음식을 찌겠구나 싶기도 하다. 잘 팔리지 않을 것을 알면서도 이 물건이 필요한 사람이 있음을 알기에 노점을 벌이시는 거겠지.

집을 향해 느릿느릿 걷다가 생각은 엉뚱한 방향으로 흐른다. 할아버지의 좌판을 전시장에 옮겨놓는다면, 미래의 큐레이터는 연결되지 않는 물건을 어떤 스토리로 엮어낼까 궁금해졌다. 나 역시 과거의 누군가에게는 서로 다른 공간에서, 다른 기능을 하던 물건을 하나의 진열장에 놓곤 했다. 이 물건과 함께했던 이를 상상하는 방식을 원래의 주인들이 본다면 어떤 점수를 주려나 궁금하긴 하다.

할아버지의 좌판 앞을 지나다니던 그 여름, 나는 고려의 왕실과 사찰, 세속이란 세 공간을 중심으로 특별전을 준비하고 있었다. 다양한 물산이 드나들던 국제도시 개경의 첫인상을 어떻게 보여줄지 한창 고심 중이었다. 두려움 없이 먼 바다를 항해한 상인을 새긴 '거울', 지금도 이슬람 문화권에서 사용되는 개경 출토 '유리 주자', 통역관을 양성하기 위한 외국어 학습 교재인《노걸대老乞大》를 함께 배치했다.

첫인상을 맡게 되는 전시 프롤로그의 주인공은 고려 때 통역관을 양성하기 위해 국가가 발간한 중국어 교재《노걸대》에서 캐스팅했다. 노걸은 '미스터 차이니즈Mr. Chinese' 정도의 의미라고 해야 할까. 중국인에게 '형씨'라고 부르는 느낌 정도의 존칭이다. 이 책은 사업하는 사촌형과 함께 원나라 수도 연경에 장사하러 가는 고려의 상인이 주인공이다. 이들이 연경에서 만난 상인과 물건값을 홍정하기도 하며 여행한 이야기는 우리가 외국어를 공부할 때 A와 B의 주고받

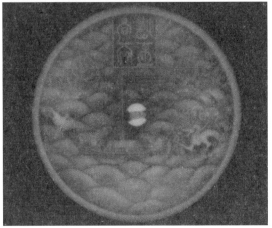

**'황비창천煌丕昌天'이
새겨진 거울**

고려시대 인기를 누린 거울로, 파도가 출렁이는 먼 바다를 향해 거침없이 나아가는 배를 표현했다. 중앙에 쓰인 '황비창천'은 '밝게 빛나는 창성한 하늘'이란 의미다.

는 대화를 연습하는 방식과 동일한 회화체다. 고려 역시 통역관을 양성할 때 실생활에 바로 적용할 수 있는 학습법을 활용했다. 특히 지금의 비즈니스 회화에 해당하는 교재로 가르쳤다는 점이 재미있게 다가왔다.

이국적인 것을 좋아하던 개경 사람들의 식탁에 놓인 물건도 전시장에 자리 잡았다. 국내외의 여러 물산은 개경으로 향했다. 개경은 고려의 지배층 대다수가 살아가던 일상 공간이었고, 이들을 위한 최고급 물산이 집결하는 곳이었다. 육로뿐 아니라 바닷길로도 많은 물산이 움직였다. 모든 길은 개경으로 통한다고 해도 과언이 아니었다.

큐레이터는 한때 생을 영위했던 이들의 물건 중 우리에게 전해진 것을 두고 어떤 이야기를 들려줄지 고민한다. 기억을 간직한 물건은 무엇이든 주인공이 될 수 있기 때문이다. 연결고리가 없어 보이는 유물이 우리가 잊고 있던 시간을 안내해주듯이 할아버지의 좌판도 훗날 큐레이터의 근사한 진열장이 될 수 있다.

만두를 찌기 위해 서랍을 뒤적이는데 할아버지에게 산 삼베천이 나왔다. 한번 쓰고 버려지는 1회용 거름망과 장갑, 비닐백이 부엌 서랍을 차지한 지 오래지만, 음식을 찔 때면 꼭 삼베천을 쓴다. 깨끗이 빨아 탁탁 털어 베란다에 널다가 고개를 들었다. 긴 장마 끝에 찾아온 햇살이 반가웠다. 내일

은 할아버지가 나오시려나? 누군가는 장독 덮개망을 찾을
지도 모르겠다.

백자 한 조각의 비밀

청 화 백 자
시 험 번 조 편

설거지를 하다 컵을 깨뜨렸다. 바닥에 혹시 떨어졌을 조각을 찾다가 두 아들의 보물함이 한때 이런 그릇 조각으로 채워졌던 게 떠올랐다. 소나무 가지나 나뭇잎, 흙과 자갈이 섞인 평범한 길 위에 반짝이는 조각이 있다는 것을 알게 된 후 아이들의 시선은 땅바닥으로 향했다. 한창 돌 모으는 것에 빠져 특이한 돌을 수집하던 시기는 진작 끝났지만, 산길을 걷다가도, 폐사지 큰 감나무 언저리에서도 눈에 불을 켰다.

아이들은 반짝이는 것을 먼저 찾겠다는 목표와 예상치 못한 특이한 조각을 찾으려는 마음으로 발부리에 와 닿는 감촉을 그냥 지나치지 않았다. 자신이 주운 조각을 햇빛에 비춰보며 접시나 대접, 항아리 중 무엇의 어느 부분인지를 상상하고, 기와 조각에서 누군가 머물고 살았던 흔적을 찾는 것은 어디서든 즐겨 하는 놀이 중 하나가 되었다. 아이들이 찾은 건 주로 백자였지만 가끔 분청사기나 청자 조각도 나왔다. 어쩌다 사찰 마당에서 상감청자 편片을 찾은 날에는 스님에게 자랑스럽게 내밀고 염주로 바꿔 오기도 했다. "이거 좋은 거지? 형 것보다 내 것이 더 오래된 거지?" 묻던 모습은 내 기억의 보물함에도 담겼다.

백자전시실의 진열장 한편에서 아이들의 보물 상자에 있음 직한 도자편이 전시된 것을 보았다. 최고의 빛깔과 온전한 형태의 도자기가 있을 만한 공간에 백자 조각이 푸른빛을 내고 있었다. 1964년 국립중앙박물관은 경기도 광주 도마리 가마터를 조사했다. 나지막한 언덕에 있는 과수원이 왕실에서 사용하는 백자를 굽기 위한 가마의 자리였음은 일찍부터 알려졌지만, 일제강점기부터 신작로 공사에 자갈 대신 도편이 사용되는 등 훼손이 심각했다고 한다.

최순우 선생이 남긴 〈1964년 광주 도마리 백자요지 발굴 경과〉에는 더 이상 훼손되기 전에 긴급 학술발굴을 시작하게 된 연유가 기록되어 있다. 박물관에서는 10월 말 답사를 실시하고 12월부터 조사를 시작했으나 나라도, 박물관도 가난하던 때였다. 조사는 예산 문제와 매서운 한파로 중단되었다. 학술조사는 눈이 녹고 계절이 풀린 이듬해인 1965년

5월에 다시 시작되었다.

경기도 광주는 조선왕조 500년 동안 왕실에 백자를 납품하던 관요官窯가 있던 곳이다. 좋은 흙이 있는 것은 물론, 가마에 불을 지펴줄 나무가 무성하고 한강을 통해 도자기를 운반할 수 있어, 도자기를 굽기에 유리한 환경이었다. 근대 이전 도자기는 단지 음식을 담는 일상용품이 아니라 그 자체로 국가의 제도와 법식이었다. 중앙 관요는 전국에 흩어진 수백 군데의 자기소를 관리 감독했고, 관요에서 만든 그릇의 형태와 문양은 본보기가 되는 하나의 모범이었다.

도마리 가마는 15세기 후반부터 16세기 전반까지 백자 관요였지만, 조사팀은 청화백자를 구웠던 흔적을 찾아냈다. 가장 적절한 푸른색을 위해 안료 성분의 배합 비율을 테스트한 증거를 발견한 것이다. 안료의 발색을 달리한 그림과 '심청深靑'이란 글자가 남아 있는 백자 조각들은 당시 도마리 요지에 청화백자를 생산하기 위한 실험실이 존재했음을 알려주었다. 16세기 조선에서는 코발트 안료를 대체할 국산 안료 토청土靑을 찾기 위한 노력이 한창 진행 중이었다.

전시실에 놓인 도자편은 조선 초기 백자 생산에서 가장 중요한 가마터에서 수습한 조각이었다. 백자에 청화 안료로 문양을 새긴 청화백자는 왕실에서도 극히 일부만이 사용할 수 있었다. 왕과 세자의 그릇도 법도에 맞게 쓸 것을 주문한

청화백자 시험 번조편　16세기 조선에서는 값비싼 청화 안료를 대신할 국내 안료를 찾고 청화백자를 만들기 위한 실험이 진행 중이었다. 깨진 도자기 편도 중요한 단서가 된다.

세조대 왕실에서 청화백자는 함부로 범접할 수 없는 그릇이었다. 회회청回回靑이라고 불린 코발트는 페르시아가 원산지로 값비싸고 중국에서도 구하기 어려웠기에, 도화서 화원만이 청화백자로 문양을 그릴 수 있었다.

　절터와 생활 유적에서는 사용했던 도자편이 나온다면, 가마터에서는 불을 때던 곳뿐 아니라 가마 안의 작업장, 그릇을 두는 번조실을 확인할 수 있다. 도자기를 만드는 흙인 태토胎土나 가마 안에서 그릇을 겹쳐 구울 때 서로 붙지 않게 하는 비짐눈과 같은 용품이 나오기도 한다. 제일 재미있는 곳은 퇴적층이다. 최상품을 골라내고 남은 것들을 버리던 곳에서는 완성되지 못한 도자기, 가마에서 굽다가 형태가 어그러지거나 실패한 도자의 조각이 나온다. 도자기를 만들고 굽던 그 오랜 시간과 도공의 손길은 완전한 형태의 도자기가 아닌 조각 편에서 더 강하게 전해지는 경우도 있다.

최상품을 골라내고 버려진 도자기는 한양으로 가지 못했다. 전시실에도 대체로 최고의 빛과 형태, 최고의 문양을 보여주는 그릇이 놓인다. 근사한 도자기가 쟁쟁하게 전시된 곳에서 도자편은 눈에 띄지 않았다. 전시실을 오가는 사람들 중에서 이를 유심히 바라보는 이는 많지 않았다. 하지만 숲길에 놓인 작은 도자편에도 저마다의 사연이 있다. 완성하기까지의 과정을 보여주는 물건들 혹은 실패한 것처럼 보이는 물건도 그 가치를 알아보는 이에 의해 또 다른 이야기의 주인공이 된다. 알아차리고 분별해내는 눈은 깨진 조각에서 중요한 단서를 찾기 때문이다.

기회가 된다면 완성하기까지의 과정을 보여주는 물건들과 실패한 것을 모은 전시를 해보고 싶다. 온전한 형태가 아니라고 쓸모가 없는 것은 아니다. 그 전시실을 걷다 보면 우리가 지나온 시간을 더 너그럽게 바라볼 방법을 찾을 수 있지 않을까 하는 생각에서다. 뚜벅뚜벅 걸어온 길에서 우리가 놓친 찬란한 순간들을 만날 수 있을 것만 같다.

큐레이터의 소울 푸드 | 얼굴무늬 토기

언제인가부터 울고 나면 허기가 느껴진다. 따뜻한 걸 먹으면 몸에 온기가 돌려나? 기분이 정말 별로인 날은 요리를 한다. 예전에는 이런 기분에는 아무것도 먹을 수가 없다고 생각했다. 뭔가를 먹을 수 있는 상태가 아니라고. 하지만 재료를 다듬고 씻고 썰고 볶다 보니 알게 되었다. 몸을 움직이고 뭔가를 좀 만들다 보면 꼭 붙잡고 놓아주지 않던 근심이, 두려웠던 마음이 스르륵 사라진다는 것을. 가족과 떨어져 지방에서 근무할 때 새롭게 나의 소울 푸드가 된 건 굴전이다.

터덜터덜 퇴근하던 길, 버스정류장에서 내려 노상에 차려진 시장을 지나다 할머니들이 펼쳐놓은 가판에서 바다의 짭조름하고 푸릇푸릇한 냄새를 맡았다. 잘고 여린 굴이었다. 가족 중 아무도 굴을 좋아하지 않아, 한 번도 사본 적이 없다는 게 생각났다. 혼자 있게 되었을 때 생굴을 사 굴전을 부쳤다.

비닐봉지에 부침가루 두어 스푼을 넣은 다음 소금물에 헹궈 물기를 뺀 굴을 넣고 쓱쓱 흔든다. 가루가 묻어 뽀얗게 눈 맞은 모습이 된 굴을 옆에 두고 달걀을 푼다. 그사이 팬에 식용유를 두르고 달궈지기를 기다린다. 손바닥으로 팬의 열기를 가늠해보고 기름에 물결이 생기는 걸 보며 "이제 온도가 맞나 보다" 혼잣말도 하면서, 뽀얀 굴을 달걀물에 퐁퐁 빠뜨린다. 숟가락으로 뚝뚝 떠서 너무 세지 않은 중불로 노릇하게 지져낸 굴전의 색이 예쁘다. 노랗고 통통한 굴전, 혼자이기에 외롭던 날이 아니라 혼자여서 자유롭게 먹을 수 있는 날이 되었다.

이왕 이렇게 된 것, 보드라운 굴전과 함께 아삭한 샐러드도 준비해볼까? 찬바람이 불어올 때면 나도 모르게 사게 되어, 안 그래도 복잡한 냉장고를 더 비좁게 만든다며 눈총받던 유자청을 꺼내 요구르트와 라임, 올리브 오일을 넣어 드레싱을 만든다. 양상추는 씻어 물기를 털어낸 다음 그릇에 담고 파프리카와 오이도 씹는 맛이 좋도록 큼직하게 준비한다. 어제 사둔 리코타 치즈도 얹어서 맛있게, 상큼하게. 구박받던 유자청이 그간의 억울한 마음을 내려놓는 날이다. 시간이 되면 마늘빵을 만들어 같이 먹을 수도 있다. 마늘을 다

얼굴무늬 토기 신라 월성의 궁궐 유적과 연못터를 발굴할 때 나온 작은 그 릇이다. 몇 개의 짧은 선으로 눈과 코와 입을 만들었다. 바라 보면 같은 표정을 짓게 하는 신기한 그릇이다.

진 다음 버터, 올리브 오일과 섞어 바게트나 식빵 위에 올리 고 에어프라이어나 오븐에 살짝 굽는다. 모처럼 나를 위해 만든 음식에 어울리는 그릇을 찾으러 싱크대 선반을 두리번 거렸다.

기분을 좋게 해주는 음식에는 이런 그릇이 어떨까. 그릇 의 둥근 기형은 형태 그대로 넉넉한 얼굴이 되고, 여기에 흙 을 덧대어 코를 나타냈다. 바닥이 기울어져 어떤 향기를 맡 거나 어디선가 들리는 소리에 귀 기울이는 표정이 되었다. 눈, 코, 입을 나타낸 몇 개의 짧은 선으로 얼굴을 닮은 그릇은 콧노래를 흥얼거리는 듯하다. 음식은 눈으로 먼저 먹는 거라고 하셨던 할머니도 흔쾌히 반기실 것 같은 기분이다. 경주 월성에 있는 궁궐 유적과 연못터인 월지를 발굴할 때 이 〈얼굴무늬 토기〉가 나왔다. 거의 10년 동안 신라 왕궁의 별궁을 조사하면서 눈이 휘둥그레지는 각종 귀한 유물이 세상에 모습을 드러냈다. 반짝이지도 화려하지도 않지만, 그 가운데서도 오랫동안 이 그릇을 바라보던 이가 있었을 것이다. 두 손에 그릇을 들고 자신도 모르게 닮은 표정이 되었을 것이다.

뜻대로 되지 않아 실망스럽고, 인생이 너무 긴 것 같다가도 불현듯 짧을 것 같아 두려울 때면 혼자만의 음식을 만든다. 부엌에서 달그락거리는 소리를 듣지 못한 시간이 길어지면 자신도 삭막해지는 기분이다. 더 급하고 중요한 일이라고 하는 큰 목소리를 따라가다 보면 생활의 감각을 놓친다. 나를 위한 요리를 만드는 사이, 의기소침한 마음도 나아지리니…….

채소를 씻어 물기를 털고, 감자나 당근을 썰어나가는 손끝의 감촉은 우리를 지금 여기로 데려온다. 바다의 향, 흙의 냄새, 바람의 감촉을 간직한 재료를 다듬고 만지면서 머릿속의 모호한 세계로부터 보다 또렷한 감각의 세계로 건너올 수 있다. 냉장고의 유자청처럼 그간 억울했던 감정은 이참에 내려놓고, 좋아하는 그릇을 꺼내어 담아보자. 나를 위한 한 끼의 식사가 어떤 말보다도 위로가 될 때가 있다. 우리의 영혼을 위로할 식사는 어떤 그릇에 담으면 좋을까. 이제 싱크대 위 찬장을 열고 오늘의 그릇을 찾아보면 좋겠다. 그릇을 한번 보고 지금 내게 머무는 것과 예전에 있다가 사라진 것을 떠올려본다. 다가오는 것을 밀어내지 않고, 성큼성큼 걸을 테니, 다음번 그 그릇을 꺼낼 즈음이면 우리는 또 달라져 있을 것이다.

그럴 땐 이 책상

나무 서안

큰 책상을 꿈꾸는 이들이 많다. 중앙에는 노트북 자리를 만들어두고 그 왼쪽에는 여러 권의 도록, 프린트해둔 논문, 교정 중인 원고 출력본을 둔다. 오른쪽에는 머그컵에 담긴 따뜻한 커피와 얼음물, 커피와 함께 먹는 군것질거리, 각종 색깔의 볼펜과 형광펜 그리고 포스트 잇이 든 필통이 있다. 책상이 널찍하니 저 끝에는 몬스테라와 같은 공기 정화용 화분을 둘 수도 있다. 휴대전화 거치대를 놓아 필요하면 쓱쓱 넘겨볼 수 있고 탭을 같이 쓰기도 한다.

어떤 책도 다 올려둘 수 있는 책상이 있으면 마감을 넘겨버린 각종 원고도 말끔하게 끝내버릴 수 있을 것만 같다. 길고 큰 마법의 책상을 꿈꾸거나, 이미 그런 책상을 장만해 보물 1호 가구로 삼은 이들이 생각보다 많다. 뭐든 펼쳐놓으면 이제 좀 일이 되어가는군, 안심이 되고, 끝도 없는 예열 기간을 줄이고, 꽤 효율적으로 일하는 사람이 될 수 있지 않을까. 그런 마음으로 큰 책상을 들인 이들은 다 안다. 보다 만 책은 금세 산처럼 쌓이고 책상 위는 한 줌의 틈도 없어진다는 것을. 어제 본 책과 지난 주말에 읽다 만 논문은 책상 위에서 실종 상태가 된다는 것을. 그 한가운데 고양이는 둥지를 튼 새처럼 앉아 어젯밤에 쓴 내 원고의 모서리를 찢고 있다. 두 발로 놓치지 않게 꼭 잡고, 입으로는 야무지게 '쫙~쫙' 소리를 낸다. 책상이 넓으면 넓을수록 마치 정리되지 않는 머릿속을 눈앞에 펼쳐놓은 모습이 된다.

　내 방을 갖게 된 건 스무 살도 넘어서였다. 그전에는 세 살, 여덟 살 터울의 두 여동생과 방을 같이 썼다. 불 끄고 누워도 한참이나 잠이 들지 않으면 끝말잇기를 하거나 돌아가며 노래를 부르기도 했다. 누군가 엄마에게 혼나고 눈물이 맺힌 채로 누우면 별다른 위로는 없었지만 그렇게 같이 있었던 시간이 그리 나쁘지만은 않았다. 하지만 자라면서 방이 갑갑해졌기에 공부할 수 있는 곳을 찾아 주로 동네 도서관을 다녔다. 도서관이 어디에 있는지를 확인하는 건 이사를 가면 제일 먼저 하는 일 중 하나가 되었다.
　열람실 벽에는 "자리를 맡아두지 맙시다", "정숙"과 같은 표어가, 책상에는 책을 편 채 딴 세계로 여행했던 이들의 더 많은 낙서가 있었다. "세 시간 자면 붙고 네 시간 자면 떨어진다"거나, "내가 잠자는 사이에도 경쟁자의 책장은 넘어간다" 같은 근거를 알 수 없는 비장한 자기 다짐도 있었다. 혹은 자신이 좋아하는 가수나 배우의 이름과 자신의 이름 사이에 하트를 남긴 낙서들도 있었다. 만난 이들, 있었던 일들, 해야 할 일, 그 사이사이 머문 생각들을 모아놓은 잡생각의 동산에서 우리는 종종 길을 잃었다. 잡생각과 싸우다 보면 시간은 빠르게 흐르고, 빈번하게 호출되는 혼잣말 목록의 윗줄에는 "이제부터 열심히 해야지"가 있었다.

지금 사는 동네에 이사를 와서도 신호등 하나를 건너면 있는 도립도서관이 마음에 들었다. 처음 열람실이 있는 2층 계단을 올라가던 날, 공부를 독려하는 명사들의 각종 격언 사이에서 내 눈을 끈 건 "공부는 때를 놓치면 평생 고생, 평생 후회"라는 문구였다. 살면서 계속 해나가야 할 일을 이렇게 겁을 줄 일인가 싶다가도 줄곧 도서관 근처를 배회하는 나와 같은 부류는 과연 때를 놓친 것인가 싶어 울적한 날도 있다. 그럼에도 책상에 앉아 딴생각의 나라로든, 몰두하고 싶은 새로운 세상으로든 갈 수 있는 즐거움은 좀 더 기분 좋게 즐기고 싶다.

서안　　　단정하고 정갈하게 만든 작은 서안이다. 미루고 쌓아두는 일 앞에서는
소박하지만 단호한 서안이 답이다.

　　의자나 침대를 이용하고 좀처럼 바닥에 앉지 않는 지금
의 입식 생활에서는 이런 낮은 책상을 쓸 일이 좀처럼 없다.
책을 펴 보거나 글씨를 쓰는 데 사용되는 서안書案은 상판의
양 끝이 살짝 위로 말려 올라가 있을 경우에는 경상經床이라
고 이름을 달리 붙였다. 서안을 만드는 데는 지역에 따라 다
양한 나무가 사용되었다. 제주도 산유자나무, 호남 먹감나
무, 황해도 대청도 일대의 해묵은 뽕나무, 비자나무, 느릅나
무, 물푸레나무 등이 서안의 재료가 되었다. 사용자의 취향
에 따라 나무 판에 문양을 새기거나 장식을 다는 등 꾸미는

방식은 달라졌다.

나는 이 간결한 서안이 좋다. 책을 올려놓는 상판과 서안을 지탱하는 두 개의 측판, 이를 지탱하는 가로로 놓인 나무판은 책상이 놓인 공간을 세로와 가로로 간결하게 구획한다. 서유구의 《이운지怡雲志》등을 보면 서실에 놓이는 가구는 품격을 위해 나뭇결이 좋은 문목文木을 택해 때로는 옻칠도 하지 않으며, 단단하고 정갈한 판자로 번잡한 치장을 피해 소박하게 만든다고 했다. 서안 옆에는 벼루를 놓는 연상이나 연갑, 책이나 소지품을 넣는 문갑, 필기구를 꽂는 필통이나 지통을 별도로 두는 것이 조선시대 학용품과 사무용품인 문방文房의 기본이었다.

마감이 지난 원고 앞에서는 이런 작은 책상이 답이다. 뭘 해야 할지 모르는 불안함으로 마구 쌓아두는 책은 제자리로 보낼 수밖에 없다. 이것만 보고 그만할 거라는 내 다짐을 시험에 들게 하는 휴대전화도 치워야 한다. 지금 내 눈앞에 펼쳐진 흰 종이와 나, 우주에 둘만 남기니 오직 여기 이곳에 집중하라. 소박하나 단호한 서안은 말한다. 담판을 짓기 전에는 이 작은 책상 위의 무한한 세계를 떠나지 못한다고.

고개를 돌려 피하지 않고 나와 대면한 순간의 간절함으로 작은 세계는 큰 힘을 내기 시작한다. 담판을 마치고 나와 문을 열면 피부에 와 닿는 바람도, 눈앞에 보이는 풍경도 그 이

전과는 다르게 다가온다. 숨거나 능숙하게 미룰 수 있었지만, 그런 선택을 하는 대신 자신을 마주한 이에게 보내는 선물이다.

달을 따라가다

서른셋의 겨울, 나는 베키오 다리에 서 있었다. 피렌체에서도 많은 관광객이 오고 가는 길목에 있는 다리를 바라보다 오랫동안 잊고 있던 황지우 시인의 시 〈몹쓸 동경〉이 떠올랐다. 설렘이 없는 그 어떤 삶도 수락할 수 없다는 시인의 발걸음과 그의 시선이 머물렀을 곳을 상상했다.

산마르코 수도원의 2층 계단에 올랐을 때 이 그림을 봤다. 1436년에서 1445년까지 이곳에 살았던 프라 안젤리코(1417~1455)는 아름다운 수도원 곳곳에 프레스코화를 그렸다. 혼자 머무는 기도실과 수도사들의 방, 수도사들이 모이는 넓은 공간에도 그의 그림이 있었다. 프라 안젤리코의 박물관과 같은 이 특별한 공간에서 가장 강렬했던 건 〈수태고지Annunciation〉였다. 벽화는 2층 계단 끝 북쪽 복도, 성직자들의 숙소와 평신도의 숙소가 갈라지는 부분에 그려져 있다.

천사 가브리엘은 예수의 탄생을 알리기 위해 마리아에게
나타났다. 반원형의 궁륭 기둥이 있는 그림 속 회랑은 산마
르코 수도원의 모습 그대로다. 성경에 기록된 가브리엘과
마리아가 만난 곳이 바로 이곳이라는 느낌을 생생하게 전해
준다. 어떤 기억은 마음에 머무는 어느 것도 잊고 싶지 않은
법이다. 프라 안젤리코는 그때의 온도와 공기의 떨림, 햇빛
에 반짝이는 먼지의 움직임을 바라보던 느낌과 대화가 이루
어지던 순간을 하나도 빠짐없이 남기고 싶어 했던 것 같다.

화가는 고요하고 정적이지만 놀라운 소식을 듣는 순간의
감정을 두 인물의 자세와 표정에 담았다. 많은 이가 이 그림
으로 하루를 시작하고 마쳤을지도 모른다. 해가 뜨고 일과
를 시작하기 전 만나고, 자신의 방으로 돌아가기 전 보는 그
림. 혼자 있어도, 눈을 감아도 하나하나 떠올릴 수 있을 만큼
구도자의 마음에 이 벽화가 새겨졌을 것이다.

내가 늘 다니는 동네 산책길에도 성당이 있다. 언덕배기
에 세워져 있어 멀리 떨어진 곳에서도 잘 보인다. 한 번도 종
소리는 들은 적 없지만 청동으로 만들어진 큰 종이 보이는
종루가 있고, 첨탑 위에는 십자가가 있다. 계절에 따라 조금
씩 모습을 바꾸는 성당을 보면 피렌체의 산마르코 수도원이

수태고지   피렌체를 다시 갈 수 있게 되면 산마르코 수도원에 갈 생각이다.
눈을 감아도 떠오르는 벽화가 여전히 잘 있는지, 천사 가브리엘과
마리아의 만남을 다시금 보고 싶다.

생각난다. 하루 일과를 마치고 수도사들이 각자의 방으로
돌아가기 전 2층 계단을 올라가면 제일 먼저 보였을 벽화를
떠올린다.

천변을 걸으면 달이 따라온다. 퇴근하다가도 산책하다가
도 건물 바깥으로 나왔을 때는 꼭 하늘을 보고 달을 찾는다.
달을 올려보는 건 하루의 중요한 일과 중 하나다. 달을 보고,
가로등 빛에 모퉁이의 풍경이 새로워지고 달이 차고 기우는
모습을 보며 하루를 채운 소리들 사이에 한쪽으로 치우친

마음을 뒤돌아본다. 기억의 저장소는 따뜻한 소리만 담기에도 벅차니 정말 중요한 소리만 남기고 헝클어진 소음은 담아두지 말아야겠다며 소소한 다짐을 한다.

누군가를 기억하려는데 이미지가 잘 안 떠오를 때가 있다. 어떤 인상의 총합이나 느낌의 덩어리, 실루엣을 어렴풋이 알아볼 뿐이다. 그런데 생각에 잠길 때 그가 짓는 표정이나 즐거운 얘기를 할 때 얼굴에 환하게 밝아오는 빛이 분명하게 떠오른다면, 그는 내게 좀 더 각별한 존재가 되었다는 의미다. 내 얘기를 들어줄 때의 눈빛, 눈썹과 눈썹 사이에 깊은 주름이 잡히는 모습, 어딘가를 바라보는 시선, 그 모습을 보는 내 마음은 또 어떤가를 생각하기도 한다. 어떤 이들은 순간순간 우리를 예술가로 만든다. 눈과 마음에 담기는 표정을 오래 바라보고 새기게 한다. 시간이 흘러도 언제든 그려낼 수 있고, 아무리 복잡한 곳에 있어도 어디서든 알아볼 수 있게 기억에 담는다.

종교미술의 이미지는 신비한 힘을 가지고 있다. 종교회화가 어떤 존재의 특징을 도상으로 규범화하는 것은 언제 어디서든 그 상대를 떠올리기 위해서다. 보이는 것은 지금 내 눈앞에 현존함을 의미했다. 어둠 속에서 구체적인 모습相好을 떠올리는 기도의 결과 꼭 만나고 싶었던 이를 만나기도 한다. 거울에 물체가 비치는 것과 비슷한 느낌이었을 것이다.

수월관음도 　선재동자가 만나본 관음보살은 눈을 감고도 언제든 떠올릴 수
있는 모습으로 기억되었다. 내가 어디를 가든 따라오는 달처럼
나의 어려움과 고난을 함께하는 이가 있다는 믿음을 담고 있다.

이 불화는 1730년 의겸義謙을 비롯해 다섯 화승畫僧이 그린 〈수월관음도水月觀音圖〉다. 피렌체 산마르코 수도원의 벽화는 수도사 프라 안젤리코가 그렸다면, 조선시대 불교회화는 불화를 그리는 것을 수행의 방편으로 삼은 승려 화가가 그렸다. '수월관음'이란 물에 비친 달처럼 항상 우리를 지켜보고 함께하는 관음보살에 대한 신앙에서 만들어졌다. 세상 어딘가에 내 어려움을 살펴보고 내 소리를 들어주는 이가 있다는 든든함 말이다. 바위 위에 편안한 자세로 앉은 관음보살의 몸에서는 보름달과 같은 빛이 발한다. 경전에는 멘토를 찾아 구도 여행을 떠난 선재동자가 관음보살이 살고 있는 곳을 찾았을 때, 그의 눈에 담긴 모습이라고 했다.

시냇물과 바다가 만나는 고요하고 어두운 굴에서 마주친 관음보살은 그를 그리워하는 이들의 마음에 구체적인 모습으로 나타난다. 이를 종교미술의 도상이라고 한다. 가득 차오른 달빛은 따뜻한 공간을 만들고, 이곳에 두 그루의 대나무가 자란다. 바위에 편안하게 앉은 관음보살 뒤편으로는 버드나무 가지가 꽂힌 정병이 보인다. 그를 찾아온 이는 선재동자다. 우리는 그의 시선으로 관음보살을 바라본다.

저마다의 상징을 지닌 시각 요소는 그림을 그리는 이에게나 보고 싶은 대상을 언제든 떠올리고 싶은 이에게 강력한 인상으로 자리 잡았다. 어려움에 처한 중생을 구제하는 관음보살은 누구든 그 이름을 부르는 이에게 나타날 수 있는 분명한 도상적 특징을 갖춰 나갔다. 바람에 나부끼는 옷자락, 신체를 감싸는 비단의 부드러움, 머리에 쓴 화려한 관과 가슴의 목걸이 장식, 존귀한 존재를 귀하게 표현하고 싶었던 마음도 그림에 담긴다. 완성도 있게 구현한 아름다움으로 종교적인 숭고함은 극대화되었다.

〈수태고지〉와 〈수월관음도〉는 화가들이 끝없이 즐겨 그린 주제였다. 같은 작품은 한 점도 없다. 같은 주제의 그림도 어느 시기를 산 누구에 의해 그려졌느냐에 따라 조금씩 다른 작품으로 태어났다. 화가들은 구성, 음영, 입체감, 화면의 깊이, 원근법과 같은 조형 요소를 실험했다. 눈을 감고도 떠올릴 수 있으며 누구에게나 자애롭게 다가갈 수 있는 이의 모습을 어떻게 표현하고 전달할지를 고심했다.

누군가가 항상 바라보던 그림은 우리가 머물고 생활하는 곳을 좋은 곳으로 만드는 힘이 있다. 어디든 이야기가 없는 곳은 없다. 늘 다니는 동네 천변과 성당을 바라보는 시간에도 만들어진다. 언제든 머나먼 곳으로 훌쩍 떠날 수는 없지만, 이야기를 알게 되면 그 공간은 내게 의미 있는 곳이 된다. 떠나지 않고도 나 자신을, 이야기를 발견할 수 있는 여행의 날이 있다.

달리는 트랙에서
내려오는 법

처음 100미터 달리기를 해본 건 열한 살의 봄이었다. 운동장 바닥에는 주전자로 물을 뿌려 만든 출발선이 보이고, 우리가 뛰어야 할 트랙 끝에 서 있는 선생님은 점처럼 아득했다. 50미터만 뛰어본 눈에는 그렇게나 멀어 보일 수가 없었다. 선생님의 호루라기 소리에 맞춰 출발 신호가 나자마자 뛰어야 한다고 했다. 호흡을 놓치거나 발을 헛디뎌 넘어지는 몇몇을 본 이후 아이들의 눈에는 힘이 들어갔다. 운동장 저편에서 들리는 '삐익' 소리는 뭔가와 안녕을 고하는 소리였던가. 모든 게 장난이어도 좋을 어떤 경계를 지나자 떠들썩하던 분위기가 순간 숙연해졌다.

신발 바닥에 접착제라도 묻었는지 뛰려고 해도 잘 달려지지 않는 꿈은 어린 시절 가위눌림의 레퍼토리였다. 자라면

서 가위눌림의 기억은 희미해졌지만, 달리기와 화해할 기회를 갖지 못한 채 또 다른 꿈을 꾸기 시작했다. '이제는 이어 달리기인가?' 내 트랙을 찾아 엉거주춤 서본다. 앞선 주자의 배턴을 놓치지 않게 받아 쭉쭉 달려야 함에도 모든 게 한 박자 늦다. 같이 뛰던 이들은 보이지 않고 입에선 모래 맛이 났다. 출발했던 트랙에서 홀로 나를 기다리는 다음 주자에게 배턴을 넘기면 이제 쉴 수 있을 거라 기대했지만, 이 이상한 릴레이는 끝나지 않는다. 아까와는 또 다른 트랙에서 비슷한 상황의 달리기를 해야 하는 경기에 출전 중이다.

가야실에 전시된 집 모양 토기를 봤을 때 멈추는 방법을 잊어버린 사람의 꿈은 그만 꾸고 싶어졌다. 남쪽 마을에 나를 기다리는 이런 집이 있으면 좋겠다고 생각했다. 무화과나무가 자라는 따뜻한 지역에 살고 싶었다거나, 볕이 잘 드는 길을 걸을 때 뒤통수가 따뜻해지는 나른한 산책을 좋아했다는 잊었던 기억이 떠올랐다. 강가의 비옥한 토양에 자리 잡은 집, 곡식을 저장해두는 창고였을까. 나무로 만들어진 집 위에는 넝쿨을 이어 만든 높은 지붕이 있다. 2층으로 올라가는 사다리와 그 사다리를 살금살금 오르는 쥐 두 마리도 보였다. 이들보다 속도를 내어 한 걸음 먼저 올라가 본다. '아뿔싸! 어쩐다.' 지붕 위의 고양이와 눈이 마주친 순간

가야의 집 모양 토기　　강가의 비옥한 곳에 곡식을 저장해둔 창고였을까. 사다리를 오르는 쥐와 지붕에서 기다리는 고양이를 표현했다.

조마조마해진다. 쥐를 걱정한다는 게 우습지만, 괜찮을 거다. 볕 좋은 곳에 있던 고양이는 무료했을 뿐, '너희 오늘도 왔구나' 하며 그러려니 할 것이다. 그러니 오늘은 걱정하지 말자. 오늘은 새드 엔딩은 읽고 싶지 않은 날이니, 몸을 웅크리고 쥐를 기다리는 고양이를 달래보기로 한다.

　가야인들은 배, 오리, 집처럼 형태를 본뜬 토기를 만들어 세상을 떠난 이들의 무덤에 묻었다. 그렇다고 해도 고양이와 쥐는 누구의 아이디어란 말인가. 무덤의 주인은 누구였기에, 이들은 또 다른 세계로 떠날 때 필요할 거라며 떠나는 이를 배웅했을까. 어디쯤에서 미소가 번질지 알고 있었던 이들의 방식 덕분에 1500여 년 전 지붕에서 보았을 풍경과 따뜻한 볕을 상상한다.

옛사람들이 살았던 주거지를 발굴하면, 우리가 하루의 일과를 시작하고 잠자리에 드는 땅 아래에 켜켜이 쌓인 사라진 시간의 이야기가 들린다. 어떻게 땅은 이런 물건을 품고 있다가 돌려주는 건지 놀라울 뿐이다. 한때 늪지였던 곳에서는 오랜 시간을 견뎌낸 칠기漆器가 나온다. 옻나무에서 나온 수액을 모아 용기의 표면에 바른 그릇이다. 붉은 흙에서 철제 갑옷과 무기가 나올 때는 그 날카로움과 바람을 가르는 빠른 검의 소리로 등골이 오싹하다. 나는 그중에서도 마을 이야기를 듣는 일이 즐겁다. 가야의 마을을 발굴하면 지표면보다 낮은 곳, 지열을 간직한 곳에 구덩이를 파고 만든 움집이 나온다. 부뚜막과 온돌을 갖추어 요리를 만들고 집의 공기를 따스하게 데웠던 흔적을 찾을 수 있다.

기둥을 높게 세운 다락집은 짐승과 습기로부터 추수한 곡물을 보호하는 창고로도 사용되었다. 경남 창원 진해에서는 아홉 개의 기둥을 높게 세운 이층집 모양의 토기가 출토되기도 했다. 집 모양 토기는 우리를 과거의 한때로, 누군가의 집으로 초대한다. 비와 추위를 피해 누울 수 있는 곳, 하루의 일과를 마치고 쉴 수 있는 곳과 그 집에 살았던 사람 말이다.

바다로부터 아주 먼 내륙의 주거지 유적에서 출토된 조개껍데기와 굴껍데기를 보며, 신선한 해산물이 육지 깊숙한 곳까지 배송되던 아침을 상상해본다. 낙동강에 총총히 뜬 배는 부지런히 물자를 실어 날랐다. 분리수거가 안 되는 종류였던 것은 지금과 마찬가지였나 보다. 미처 치우지 못한 조개껍데기를 보며 교역이 활발했던 마을의 한때를 떠올린다.

힘껏 달려야만 하는 트랙에서 내려오고 싶을 때가 있다. 달리기를 멈추고, 강하고 빠르고 센 공기가 흐르는 공간에서 힘을 빼도 좋은 따뜻한 곳으로 건너가 볼까? 다락 위 볕이 잘 드는 지붕으로 올라가 고양이 옆에 멍하니 조용히 앉아 있는 거다. 저 멀리 보이는 배가 닿았을 먼 나라를 상상하고, 새들이 열을 맞춰 날고 구름이 바뀌는 모습을 바라보며, 그저 앉아 있고 싶은 날이면 가야 토기를 본다.

해 지는 모습을 보기에 이보다 더한 장소는 없다. 입안 가득 털어 넣은 비타민보다 아름다운 것을 같이 본 순간의 약효가 더 오래 가리니. 달리느라 놓친 풍경을 함께 보며, 그렇게 오롯이 어둑어둑해질 때까지 같이 있자. 굴뚝에 연기가 올라올 즈음이면 누군가 나를 위해 저녁밥을 짓고 있으리라. 그때 저 사다리를 내려와도 아직 우리에게 많은 시간이 남아 있으리라 믿고 싶은 그런 날이 있다.

에필로그

당신 차례의 끝말잇기

타인에게 묻는 안부를 정작 자신에게는 묻지 않고 달리다 보면 거울 안에 낯선 이가 있다. 어떤 이들은 자신에게 안부를 묻기 위해 박물관을 찾는다. 마음 둘 곳이 없을 때 이곳만큼 적당한 곳이 없다. 크고 작은 방이 있어 숨기 좋고 나를 찾아내기도 쉽지 않다. 이곳저곳을 거닐다 누가 나를 바라보나 싶은 기분에 멈춰 선다. 아름다워서든, 신기해서든, 낯선 세계를 알려주어서든, 내 안에서 일어나는 느낌을 알아차리는 힘은 사용할수록 자란다. 한 점의 유물 앞에서 시간은 가보지 않은 길에서 지금 이곳으로 이어지고, 어느 귀퉁이를 돌아 나올 즈음 잊고 있던 나를 만나기도 한다.

좋은 풍경이나 감정처럼 유물을 보면 마음이 채워진다. 마음에 넣어두고 싶은 강도만큼 내 것이 된다. 오롯이 느끼고, 메마르고 허전하던 곳을 채우고 나면 같이 보고 싶은 사람이 떠오른다. 해 지는 모습이나 아름다운 풍경을 보고 누군가가 함께였다면 어떨까 하는 것과 비슷하다. 내게 닿는 느낌을 공유하고, 상대에게도 좋은지를 묻는 건 외로움을 피하기 위해서라기보다는 살아 있음을 확인하고 싶은 마음에 가깝다. 혼자 감당할 수밖에 없는 우울과 타인이 닿을 수 없는 슬픔을 알기에 함께일 때의 온기를 모아두고 싶은 것이다. 우리가 보고 느낀 것이 우리 안에 둥지를 틀어, 언젠가 내 한계를 넘어 멀리까지 가볼 수 있는 용기로 자라기를 기원한다. 사라지는 것을 받아들이고, 비우기에 다시 채워질 수 있다고 되뇌이며, 슬픔이 희석되기를 바란다.

당신이 걷는 길 끝에도 우리 박물관이 있으면 좋겠다. 가끔은 달리는 트랙에서 내려와 지나온 길을 뒤돌아보고, 일하는 기쁨과 어려움을 나누고, 잘 쉬는 법을 얘기하자. 질문이 모여 있는 언덕을 지나 차향이 나는 곳으로 같이 걸으면 번잡했던 마음이 차분해지고 없을 줄 알았던 여백이 만들어질 것이다. 우리를 예술가로 만드는 존재를 알아차리고 여러 공간에 존재해보는 공상을 즐길 수 있다.

강태영 편집자로 인해, 이따금 쓰는 글이 숨을 돌릴 수 있는 귀한 틈이 될 수 있었다. 어둑해지는 저녁도 그 나름의 빛을 지니고 있다며 말을 걸어오지 않았다면 만들어지지 않았을 이야기다. 원고 중 일부는 〈조선일보〉 '일사일언'에 연재했던 칼럼을 바탕으로 썼다. 연재의 기회를 제안하고 첫 독자가 되어주신 분들로 인해 흩어질 말들이 독백으로 남지 않았다.

　달을 올려다보고 별을 찾는 이들은 항상 어딘가에 있다. 누군가는 먼 길을 떠났다 돌아온 밤이면, 잊지 않으려고 남겨둔 메모를 펼쳤을 것이다. 고개를 들어 바라본 밤하늘에서 별을 이어보듯이 유물은 내 앞에 놓였던 무수한 삶과 나를 이어준다. 앞에 놓인 길을 따라 걷고, 힘들면 좀 쉬었다가 다시 다가오는 내일을 맞으라 한다. 세상에 자신을 열어놓을 수 있는 사랑의 힘을 믿으라 한다. 이제 당신 차례의 끝말잇기를 들려주기를, 당신의 시선이 닿을 때 세상에 없던 이야기가 만들어질 것이다.

도판 목록

- 유물 정보는 명칭, 시대, 재질, 크기(회화: 세로×가로), 소장처 순입니다. 국립중앙박물관 유물의 자세한 정보는 이뮤지엄에서 확인해 볼 수 있습니다. (http://www.emuseum.go.kr)
- 전시 일정에 따라 수장고에 보관되는 유물도 있습니다.

212 변상벽, 〈참새와 고양이〉(부분), 조선, 비단에 색, 93.9cm×43cm, 국립중앙박물관

217 청자 상감 주사위, 고려, 1.2cm, 국립중앙박물관
    납석제주사위, 고려, 1.2cm, 국립중앙박물관

223, 225, 227 백은배,《산수인물영모화첩》, 조선 1863년, 종이에 색, 24cm×31.5cm, 국립중앙박물관

231 백자 무릎 모양 연적, 조선 19세기, 높이 11.2cm, 지름 13.2cm, 국립중앙박물관

238 신안선 출토 동전, 중국(《신안해저선에서 찾아낸 것들》, 국립중앙박물관, 2016)

240 《신안해저선에서 찾아낸 것들》(2016) 전시 광경

246 황비창천이 새겨진 거울, 고려, 지름 24.1cm, 국립중앙박물관
    황비창천이 새겨진 거울의 적외선 사진

252 청화백자 시험 번조편, 경기도 광주 도마리 가마터 출토, 국립중앙박물관

256 얼굴무늬 토기, 통일신라, 월지 출토, 입지름 9.8cm, 국립경주박물관

262 서안, 조선, 나무, 세로 26.6cm×가로 89.3cm×높이 29cm, 국립중앙박물관

267 프라 안젤리코, 〈수태고지〉, 1437~1446년, 산 마르코 수도원 ⓒMuseum of San Marco

269 의겸 등, 〈수월관음도〉, 조선 1730년, 비단에 색, 127.8cm×166.5cm, 보물, 국립중앙박물관

274 집 모양 토기, 가야 5~6세기, 높이 12.5cm, 국립중앙박물관

멈춰서서 가만히

초판 1쇄 발행 2022년 4월 28일
초판 3쇄 발행 2022년 10월 28일

지은이 | 정명희
발행인 | 김형보
편집 | 최윤경, 강태영, 이경란, 임재희, 곽성우
마케팅 | 이연실, 이다영, 송신아
디자인 | 송은비
경영지원 | 최윤영

발행처 | 어크로스출판그룹(주)
출판신고 | 2018년 12월 20일 제 2018-000339호
주소 | 서울시 마포구 양화로10길 50 마이빌딩 3층
전화 | 070-5080-4113(편집) 070-8724-5877(영업) 팩스 | 02-6085-7676
e-mail | across@acrossbook.com

ISBN 979-11-6774-043-4 03810

만든 사람들
편집 | 강태영   교정교열 | 윤정숙
디자인 | 송은비   본문조판 | 성인기획
표지그림 | 박재인